여섯개의 배낭

여섯 개의 배낭

초판 1쇄 2016년 7월 25일
초판 4쇄 2018년 2월 1일

글쓴이 | 김유철, 김혜정, 박경희, 윤혜숙, 장미, 주원규
펴낸곳 | 도서출판 단비
펴낸이 | 김준연
편　집 | 최유정
등　록 | 2003년 3월 24일(제2012-000149호)
주　소 | 경기도 고양시 일산서구 일중로 30, 505동 404호(일산동, 산들마을)
전　화 | 02-322-0268
팩　스 | 02-322-0271
전자우편 | rainwelcome@hanmail.net

ISBN 979-11-85099-80-4 04810
　　　 978-89-967987-4-3 (세트)
값 11,000원

국립중앙도서관 출판시도서목록(CIP)

여섯 개의 배낭 / 글쓴이 : 김유철, 김혜정, 박경희, 윤혜숙,
장미, 주원규. — 고양 : 단비, 2016
　p. ;　cm

ISBN 979-11-85099-80-4 04810 : ₩11000
ISBN 978-89-967987-4-3 (세트) 04810

청소년 문학[靑少年文學]
한국 현대 소설[韓國現代小說]

813.7-KDC6　　　　　　　　CIP2016016886

청 소 년
테마 소설
01 여행

여섯 개의 배낭

김유철

김혜정

박경희

윤혜숙

장 미

주원규

단비
danbi

차례

수학 여행

김유철

그즈음 나를 속상하게 만든 건 여드름이었어. 가끔은 대패로 울퉁불퉁한 얼굴을 밀어 버리거나 다림질해서 반질반질하게 만드는 꿈을 꾸기도 했거든. 간호사 누나가 내 얼굴에 난 여드름을 짜다가 누런 고름이 얼굴에 튀자마자 호들갑을 떨면서 화장실로 뛰어가던 모습이 잊히지 않을 정도로 하루에 몇 번씩 거울을 보면서 좌절감을 느끼기도 했어. 그럴 때마다 아버진 내 어깨를 툭툭 치면서 '나도 네 나이 땐 그랬어. 사춘기가 지나면 없어지는 게 여드름이야.'라고 말씀하시곤 했어. 그런데 문제는 중학교 1학년 때부터 그 말을 들었다는 거야. 난 이미 질풍노도의 시기를 지나고 있었거든. 그러니까 아버진 내겐 거짓말을 하신 거지.

그래서 별명이 멍게였다고. 큰누나가 제일 처음 지어 준 별명이었지. 사실 큰누나의 주먹이 무서워서 싫다는 내색도 하지 못했어. 큰누나는 중학교 때부터 키가 1미터 72센티미터였거든. 거기다 몸무게는 또 얼마나 많이 나가는데. 베이징 올림픽에, 그리고 런던 올림

픽에 출전했던 역도 선수 로즈란*을 보면서 깜짝 놀랄 정도였다니까. 알잖아? 도플갱어. 큰누나의 또 다른 쌍둥이가 아닐까 의심이 갈 정도였어. 학교에서도 마찬가지였지. 담임 선생인 동순은 나를 부를 때마다 '멍게, 늦잠 잔다고 지각했지?'라거나 '멍게, 너 이번 중간고사 성적이 왜 이렇게 떨어졌어? 인생의 쓴맛을 봐야 정신 차리지?'라고 꼭 말의 서두에 '멍게'라는 단어를 붙여 사용했거든. 거기다 다른 과목 선생님들도 마찬가지였어. 도대체 멍게라니!

하지만 그 무렵 나에게 가장 큰 고민은 역시 성적이었어. 동순은 공부 잘하는 아이들을 편애하는 편이라서 성적순에 따라 자리 배정을 했어. 때문에 누구나 경쟁심을 가질 수밖에 없었거든. 친구들의 뒤통수를 보는 것만큼 자존심 상하는 일은 없었으니까. 하지만 나는 네 번째에서 한 치 앞도 나아갈 수 없었어. 4등과 10등 사이를 오르락내리락거렸지. 일종의 마지노선이었다고나 할까. 알잖아. 노력만으로 극복할 수 없는 유전자의 힘. 그런 중요한 시기에 그녀가 복학을 한 거야. 나는 아직도 그녀의 첫 모습을 잊을 수가 없어. 하얀 피부에 찰랑거리는 긴 머리카락, 쭉 뻗은 다리와 보조개….

"자, 알겠지? 개인적인 사정으로 3학년으로 다시 복학한 민주다. 너희들보다 1년 선배니까, 버릇없이 굴지 말고 사이좋게 지내기 바란다."

....

* 장미란의 애칭

담임인 동순의 목소리는 언제나처럼 나긋하고 조용했지만 반 분위기는 그 반대였어. 그녀의 등장만으로도 남학생들의 가슴은 울렁거렸으니까. 거기다 '민주'라는 이름은 우리나라 정치상황에 빗대어 본다면 참으로 아름다운 이름이었지. 동순이 자기소개를 시켰을 때에도 그녀는 또렷또렷한 목소리로 연단 위에서 말했어.

"선배니까 내 말 잘 들어라. 공부 열심히 하고."

공부 열심히 하고를 말할 때 그녀의 시선은 분명히 내게 향했어. 눈이 마주치는 순간, 민주의 양 뺨에 보조개가 살며시 일었지. 아, 그때의 떨림이란! 동순이 자리를 정해 주기도 전에 그녀는 성큼성큼 내 옆으로 다가오기 시작했어. 바로 내 옆자리가 비어 있었거든.

내게 마스터베이션을 처음 가르쳐 준 형이 있었어. 작은누나랑 매일 싸우는 형이었는데 이름이 협이었지. 위에 큰형은 재. 성이 윤씨여서 윤협과 윤재 형제가 되는 거지. 두 형들 모두 전교 10등 안에 들 만큼 공부를 잘했지만 엄청나게 말썽꾸러기에 못된 짓을 많이 하고 다녔어. 예를 들면, 브래지어 끈을 뒤에서 잡아당겼다가 놓거나 '아이스께끼' 하면서 치마를 들춰 보는 일이었는데(90년대에나 유행했을 놀이를 말야!), 협이 형은 작은누나한테 그런 유치한 장난을 모두 써먹곤 했지. 하루는 얼굴이 시뻘게져서 들어온 작은누나가 눈물을 뚝뚝 흘리며 아버지에게 고자질하는 모습을 보기도 했거든. 앞집 뒷집에 살아서 어렸을 때부터 친하게 지내던 사이라 나는 협이 형이 왜 그런 짓을 하는지 이해할 수가 없었지만. 하루는 누나들 생리대 심부름을 갔다 오는 길에 협이 형이 갑자기 나타나서는 내 어깨를 팔로 감싸 쥐면서 물었어.

"멍게, 아직도 생리대 심부름이나 하고 다니냐?"

"어쩔 수 없어요. 안 그럼 큰누나한테 맞으니까."

"실이도 그거 차고 다녀?"

"작은누나요? 네. 그런 것 같아요."

그때 형은 눈을 게슴츠레 뜨면서 내게 말했어.

"그거 하나만 주라."

"뭐 하게요?"

"넌 몰라도 돼. 새꺄!"

말이 끝나자마자 협이 형은 화이트 봉투를 찢어 생리대 한 개를 집어 들고 유유히 사라졌지. 큰누나가 알면 혼난다고 짜증을 냈지만 소용없었어. 예상대로 집에 도착하자마자 큰누나는 찢어진 생리대 봉투를 발견하고는 화를 내기 시작했지.

"이런 변태 새끼가! 생리대 한 개는 어떻게 한 거야?"

말해 봤자 믿어 줄 것 같지 않았지만 나는 협이 형에게 빼앗겼다고 솔직히 털어놓을 수밖에 없었어.

"협이가 가져갔단 말야?"

"응."

"이 새끼가 지금 그걸 말이라고 하는 거야? 협이가 왜 생리대를 훔쳐 가?"

"그걸 내가 어떻게 알아?"

"거짓말하는 거 아냐?"

"아이 정말! 암튼 앞으론 생리대 심부름 같은 건 시키지 마. 나도 자존심이 있다고."

"무슨 자존심?"

"남자가 이런 거 심부름하면 쪽팔린단 말야."

"지금 내 앞에서 남자라고 자랑하는 거야? 엄마 아빠가 너만 편애하는 것도 배 아파 죽겠는데 이젠 대놓고 자랑질을 하겠다?"

"그런 뜻이 아니라…."

"일루와 멍게! 너 오랜만이지 이거?"

큰누나는 다짜고짜 내 머리를 감싸 쥐며 헤드락을 걸었어. 치욕적인 포즈였지. 이틀 전 교회에 다니던 대학 신입생 형한테 사랑 고백을 했다가 퇴짜를 맞았는데 그 분풀이를 나한테 하는 것 같았어. 사실 이건 좀 아니잖아?

그때 작은누나와 함께 민주가 현관으로 들어왔어. 나는 그때 큰누나에게 헤드락이 걸린 상태로 엉덩이를 맞고 있었거든. 초등학교 때부터 이런 자세로 벌을 받아 왔으니까, 여전히 큰누나에게 난 초등학생으로 보이는 모양이었어… 하긴 그게 중요한 건 아니지. 문제는 그런 치욕적인 순간에 민주가 그 자리에 있었다는 거야.

"언니야. 동생 잡겠다. 왜 또 그러는데?"

나와 한 살 터울인 작은누나는 그래도 나에게 잘해 주는 편이었거든. 하지만 그 질문만은 하지 말아야 했어.

"이 변태 새끼가 생리대 한 개를 슬쩍했어."

"생리대? 또 멍게한테 생리대 심부름 시킨 거야? 멍게 나이도 있는데 이젠 좀 고마해라."

"뭘?"

"생리대 심부름."

"아니, 지금 그게 중요한 게 아니잖아. 생리대가 없어졌다니깐!"

빌어먹을! 두 사람이 나누는 대화를 들으며 민주는 킥킥거렸지. 그게 너무 부끄럽고 속상해서 나는 그만 눈물을 흘리고 말았어. 큰누나가 헤드락을 풀면서 '이젠 울기까지 하냐. 변태 새끼야!' 하고 놀리기까지 하는 거야. 나는 내 방으로 들어가 문을 잠그고 꼼짝도 하지 않았지. 너무너무 속상했거든. 민주가 뒤에서 내 흉을 보는 것 같아 괴로움은 더했지만, 그렇다고 문을 열고 나가서 변명을 할 수도 없었어. 민주에게 오해라고 말할 만큼 용기를 낼 수도 없었으니까.

다음 날 학교에서 민주를 만났을 때, 그녀는 다행히 평소처럼 내게 인사말을 건네며 미소를 지어 주었지. 담임이자 영어 선생인 동순이 쪽지시험을 치기 전까진 말야. 동순은 부정기적으로 쪽지시험을 쳐서 그 점수를 기말고사에 반영해. 수업 시간에 늘 긴장을 할 수밖에 없는 이유야. 그날도 교실에 들어오자마자 쪽지시험을 치겠다고 으름장을 놓는 거야. 문제는 'never'에 관한 거였는데 예문을 쓰는 주관식이었지. 'never'라는 단어를 넣어서 문장을 완성하시오. 그 순간 나는 좋은 기회라고 생각했어. 그녀에게 어제 있었던 일이 오해라는 걸 밝힐 필요가 있었으니까.

'나는 화이트를 훔치지 않았습니다. 단지 화이트 심부름이 싫었을 뿐이에요.'

'I never took the white. I just did not want a white errands.'

그런데 그 문장이 괜한 오해를 불러일으킬 줄이야. 동순은 쪽지 시험을 치면 그 자리에서 점수를 매겼거든. 탁자에 앉아 채점을 하던 동순이 갑자기 내 이름, 아니 별명을 부르면서 말하는 거야.

"멍게. 이 쪽지시험의 답안을 큰 소리로 읽어 주겠니?"

"넵!"

나는 자리에서 일어나 교실 앞으로 걸어 나갔지. 동순이 건네준 쪽지는 바로 내가 써낸 답안이었어. 오해를 풀 수 있을 거란 생각을 하면서 큰 소리로 읽기 시작했지. 그녀, 민주를 똑바로 바라보면서 말야. 하지만 내 생각과는 달리 분위기는 이상하게 변하고 있었어. 반 아이들 모두가 웃음을 터뜨리면서 나를 놀리기 시작했던 거야. 화이트가 뭐냐고 짓궂게 묻는 녀석이 있는가 하면 '여자들이 기저 귀처럼 차고 다니는 거?'나 '우리 반에서 화이트 가지고 다니는 사람. 손들어 봐?'라고 끊임없이 못된 질문을 쏟아 냈지. 교실 안이 떠들썩할 정도였어. 반대로 여학생들은 불쾌한 표정을 짓고 있었지만. 그때 동순이 내게 묻는 거야.

"화이트가 생리대를 말하는 거니?"

대답할 수가 없었지. 얼굴을 붉힌 채 교실 바닥만 응시하고 있었어. 한참을 바라보던 동순이

"그런데 생리대는 왜 훔친 거야?"

라고 물었지. 순간 교실 안이 떠들썩할 정도로 아이들은 웃음을 터뜨렸어. 여학생들도 마찬가지였고. 동순이 교탁을 탁탁 치면서 조용히 하라고 소리를 지르기 전까진 말야. 나는 얼굴을 붉힌 채 쪽지시험지를 다시 동순에게 돌려줬지. 그녀는 말없이 시험지를 받아 책상 위에 올려놓은 뒤 자리로 돌아가라고 말했어. 그런데 문제는 말야. 내 옆자리에 민주가 앉아 있었다는 사실이었어. 민주는 팔짱을 낀 채 교단에서 걸어오는 나를 보며 여전히 미소만 지었지. 그런 그녀의 모습이 나를 더 부끄럽게 만들었어. 집에서도, 학교에서도 나는 이상한 아이가 되어 버린 것 같았거든.

그 무렵이었어. 집을 나가겠다고 결심을 한 게. 아무리 노력을 해도 성적은 더 이상 오르지 않았고, 반 아이들과 가족들도 싫었어. 특히 큰누나는 날 너무 많이 괴롭히고 있었거든. 거기다 협이 형도, 괜히 생리대를 빼앗아 가는 바람에 나만 이상한 사람으로 만들어 버리고. 쪽지시험을 친 이후로 학교에서도 난 완전히 생리대 심부름꾼으로 못이 박혀 버렸어. 내가 없을 때 반 아이들은 훔친 생리대로 무엇을 했을까? 하고 상상의 나래를 펼치곤 했지. 그게 말이 되는 거냐고? 물론 나도 궁금하긴 했어. 협이 형이 생리대로 뭘 했

는지….

　아무튼, 초등학교 다닐 때부터 모아 두었던 저금통을 제일 먼저
깼어. 거금 백이십만 원이 들어 있는 커다란 돼지저금통이었지. 그
리고 치밀하게 계획을 짰어. 왜냐하면 이틀 뒤 수학여행이 잡혀 있
었거든. 강원도에서의 2박 3일. 덕분에 배낭과 캐리어에 짐을 가득
챙길 때도 아무런 의심을 받지 않았어. 아버지와 어머니가 여행 경
비로 사용하라고 용돈도 제법 넉넉히 주시고. 모든 게 계획대로 되
고 있다고 생각했지. 그날 밤 나는 가족들에게 남길 편지를 썼어.
이를테면 내가 집을 나갈 수밖에 없는 이유 같은 것들 말야.

　'저는 억울해요. 정말 생리대는 협이 형이 훔쳐 갔어요. 모두들
내 말을 믿지 않으니까 학교에서조차 절 생리대 심부름꾼이라고 놀
려요. 저도 이제 열여섯 살이라고요. 생리대 심부름이나 할 나인 훨
씬 지났단 말이에요. 그리고 성적이 더 이상 오르지 않는 건 제 노
력이 부족해서가 아니에요. 아빠와 엄마는 늘 제게 '머리는 좋은데
노력을 안 하니깐 그래.'라고 말씀하시지만 사실 전 아빠와 엄마가
생각하는 것만큼 머리가 좋지 못해요. 그래서 더 힘들고 죄송해요.
단지 좋은 학교를 가야만 성공할 수 있다고 하시지만 저는 그것도
잘 모르겠어요. 협이 형은 공부를 잘하지만 말썽만 피우잖아요. 그
리고 큰누나는 지옥에나 가라. 뚱보 괴물아!'

　마지막 문장이 좀 과하다는 생각이 들었지만 난 고치지 않기로 결
심했어. 큰누나는 충분히 그런 비난을 받아 마땅하다고 생각했거든.

수학여행을 떠나는 날은 새벽부터 일어나 방 청소를 깨끗이 했어. 대문에 나가 오늘자 신문과 우유도 가져와 부엌 식탁 위에 올려놓고. 아버지와 어머니에게 아침 문안 인사도 공손히 하고 작은누나에겐 내가 아끼던 샤프도 줬지. 외삼촌이 사 준 비싼 샤프였는데 말야. 물론 큰누나에겐 눈길도 주지 않았어. 그런 내 모습을 보면서 아버진

"아침부터 왜 그래? 미쳤냐?"

라고 말씀하셨고, 어머닌 좀 더 과격한 표현을 썼어.

"여행 경비는 더 이상 줄 수 없어. 머리 굴리지 마!"

마지막으로 편지를 작은누나의 가방 안에 몰래 넣어 뒀어. 작은누나라면 누구보다 내 심정을 잘 이해할 거라고 생각했거든. 그리고 마음 한편으로는 편지를 발견하는 순간, 제일 먼저 부모님에게 연락을 하고, 그 다음엔 큰누나에게 따끔하게 충고를 할 거라는 데 의심의 여지가 없었으니까.

'이게 다 언니 때문이야!'

그러면 아버지와 어머니도 그동안의 큰누나 만행을 알게 될 것이고, 큰누나 역시 내게 미안한 마음을 가질 테니까. 협이 형도 내게 누명을 씌운 죗값을 톡톡히 치러야만 할 것이다. 그런 다음 집으로 돌아간다면 모두 내게 동정표를 던지겠지? 하하하…! 정말이지 상상만으로도 흡족한 웃음이 튀어나왔다니까.

날씨는 화창하고 기온도 훈훈했지. 딱 가출하기 좋은 날이었어. 학교 운동장에는 이미 전세버스가 여러 대 들어와 있었지. 우리 반 버스도 있었는데, 운전기사 아저씨는 머리가 반쯤 벗겨진 대머리였거든. 그런데 동순을 바라보는 눈초리가 너무 느끼해서 구역질이 나올 정도였어. 교장 선생님의 말씀이 끝나고 반별로 배정된 버스에 올랐어. 큰 짐은 짐칸에 넣어 두고 말야. 동순은 검은 선글라스에 청바지 차림이어서 평소보다 좀 젊어 보이긴 했지. 하지만 나와 반 아이들의 시선을 끈 건 민주였어. 그녀는 짧은 반바지에 티셔츠 하나만 걸쳤을 뿐인데도 주변을 압도하고 있었거든. 솔직히 동순보다 더 성숙해 보일 정도였다니깐.

좌석은 따로 정해지지 않아 친한 아이들끼리 앉는 분위기였어. 자연스럽게 여학생은 여학생들끼리, 남학생은 남학생들끼리 앉는 꼴이 되었지. 그때 민주가 내게 다가와 물었어.

"옆에 앉아도 되지?"

나는 얼굴을 붉히며 멍하니 그녀를 올려다봤어. 버스 안에서 수다를 떨던 남학생들 모두 시샘어린 눈으로 나를 바라봤지. 사실 그 시선조차 기분 좋아질 만큼 가슴이 설레었어.

어쩌면 작은누나가 민주에게 부탁을 했는지도 몰라.

'우리 동생 잘 부탁해.'

라고. 그러다 문득, 작은누나랑 민주랑 언제부터 친구사이였는지 궁금해졌지. 작은누나 친구들은 나도 많이 알고 있었는데 그녀만은 기억 속에 남아 있지 않았거든. 그래서 민주에게 물었어.

"언제부터 작은누나랑 친구였어요?"

창가에 앉아 있던 민주가 살며시 나를 보며 웃었지.

"궁금해?"

"네."

"중학교 1학년 때부터 같은 반이었어."

"그런데 전 왜 그동안 몰랐을까요?"

"너희 집으로 놀러 간 게 그때가 처음이었으니까."

그리고 잠시 침묵이 이어졌어.

"또 궁금한 게 있는데요…."

"뭐?"

"학교를 휴학한 이유요."

그 무렵 버스는 시내를 벗어나 고속도로로 진입하고 있었어. 똑같은 버스가 나란히 고속도로를 달리는 모습은 꽤 멋있어 보였지. 하지만 민주의 표정은 그리 밝지 못했어. 눈치 없기로 소문난 나였지만 그 질문이 민주의 기분을 우울하게 만들었다는 것쯤은 알 수 있었지. 미안한 마음에 나는 사과파이를 가방에서 꺼내 민주에게 조용히 내밀었어.

"신경 쓰지 마세요. 호기심에 그냥 물어본 것뿐이니까."

그녀는 내게 윙크를 하며 괜찮다고 말했어. 사과파이를 좋아한다는 말도 빼먹지 않았지. 실은 작은누나에게 민주가 좋아하는 음식이 뭐냐고 물어본 적이 있었거든. 작은누나가 왜 그러냐고 꼬치꼬치 캐물어 힘들긴 했지만, 그중에 사과파이도 있었던 거야.

강원도에 도착한 건 정오를 조금 지난 뒤였어. 황태국 정식을 먹고 대관령에 있는 목장으로 향했지. 목장의 정상에서는 동해바다까지 훤히 바라다보였어. 커다란 풍차 앞에서 사진도 찍고 양 떼와 타조도 볼 수 있었지. 오후엔 천연비누 만들기 체험을 했는데 식물성 유지와 첨가제, 혼합액을 섞어 흔들기만 해도 비누가 뚝딱 만들어지더군. 예쁜 강사 누나가 일주일 정도 그늘에서 말리면 비누가 단단해질 거라고 했는데, 그때 한 녀석이 '전 말랑말랑한 게 더 좋아요.'라고 농을 건넸다가 군기반장인 체육 선생에게 열나게 깨졌지. 좀 더 구체적으로 말하자면, '단단함'과 '말랑말랑함'과 녀석이 핫도그처럼 만든 비누 모양 때문이었어. 별명이 대마왕인 체육 선생은 얼굴이 빨개질 정도로 흥분을 해서 녀석에게 계속 질문을 던졌거든. '그렇게 말한 이유가 뭐야? 단단한 것보다 말랑말랑한 게 좋다니! 무슨 뜻으로 그런 말을 꺼냈냐니까?' 하고 말이야. 내 생각엔 오히려 대마왕이 분위기를 이상하게 만들고 있었거든. 그 무렵 동순과 열 살 차이가 나는 노총각 대마왕(완전 도둑놈이지. 동순은 대마왕의 어디를 좋아하는지 모르겠어. 남자 보는 눈이 그렇게 낮으니깐 나 같은 인재도 몰라보는 거지.) 사이에 미묘한 소문이 돌고 있었던 것도 사실이었어. 그때 옆자리에 앉아 있던 민주가 귓속말로 내게 말했지.

"대마왕, 뭔가 콤플렉스가 있는 거 같아."

"콤플렉스요?"

내가 물었을 때 민주는 한참 동안 나를 바라보다가 되물었지.

"정말 몰라서 묻는 거지?"

고개를 끄덕이자 그녀는 배를 잡고 마냥 웃기만 했어. 민주를 만날 때마다 이상했던 건 작은누나와 같은 나이임에도 불구하고 그녀가 훨씬 더 어른스러워 보인다는 거였어. 특히 이런 성적인 분위기에선 더 그랬지. 그렇다고 내가 그녀의 말을 이해할 수 없었다는 뜻은 아냐. 순진한 척했을 뿐이지. 대마왕이나 민주가 말하는 '단단함'이 '발기'와 같은 뜻이라는 것쯤은 나도 알고 있었으니까.

호스텔에 짐을 풀고 그곳에 딸린 식당에서 저녁을 먹은 뒤 자유 시간이 주어졌어. 다시 말하면 내가 가방을 챙겨 이곳을 떠날 수 있는 절호의 기회가 찾아온 거지.

"멍게, 넌 안 나가?"

같은 방을 쓰는 반 아이들이 호스텔 주변을 산책하자며 나를 불렀을 때도 컨디션이 좋지 않다는 핑계를 대며 방에 남아 있었어. 아이들이 호스텔을 빠져나가면 나는 배낭을 챙긴 뒤 이곳을 탈출할 생각이었거든. 호스텔 앞에 있는 정류장에서 택시를 타고 시외버스터미널까지 가면 1단계 탈출 작전은 성공하는 거였지. 문젠 복도나 호스텔 정문 앞에서 반 아이들이나 선생님들과 마주치지 않아야 한다는 거였어. 먼저 문을 열고 나가서 복도와 호스텔 정문 쪽을 어슬렁거리며 정찰을 하고 돌아와 짐을 챙겼지. 다행히 반 아이들이나 선생님들과 중간에 마주치지 않았어. 마침 정문 앞에 택시가 정차해 있더군. 잽싸게 뒷문을 열고 여행가방과 배낭을 밀어 넣은 뒤 차에 올랐어. 그러곤 기사 아저씨에게 소리쳤지.

"시외버스터미널로 가 주세요."

택시가 호스텔을 멀찍이 벗어나 한가한 2차선 도로를 달릴 때에야 나는 한숨을 내쉬며 안정을 찾을 수 있었어.

시외버스터미널은 호스텔에서 20분 정도 거리에 있었던 것 같아. 택시에서 내리자마자 창구로 가서 부산행 버스의 시간표를 알아봤지. 1시간 뒤에 출발하는 버스가 있었어. 버스표를 사려고 창구 앞에서 줄을 서는데 누가 내 어깨를 툭 하고 건드리는 거야. 뒤돌아보니깐 민주가 미소를 지으며 나를 바라보고 있더군. 순간, 너무 놀라서 소리를 지를 뻔했어.

"누나가 어떻게 여길…."

"뒤따라왔어. 야반도주하는 걸 보고."

나는 얼굴을 붉히며 아무런 대꾸도 하지 못했지. 그녀와 눈을 마주치기라도 하면 모든 게 탄로 날 것 같았거든.

"가출을 생각할 만큼 한가하진 않을 텐데."

'어라, 어떻게 알고 있지?'

난 멍한 얼굴로 그녀를 바라보며 물었어.

"어떻게 알았어요?"

"그러게 실이 가방에 메모지는 왜 넣어 둔 거야? 솔직히 일부러 그런 거지?"

　그제야 나는 깨달을 수 있었어. 내가 생각했던 것보다 빨리 작은누나가 메모지를 발견했다는 사실을 말야. 오늘 밤이나 내일쯤 보게 될 거라는 예상이 완전히 빗나간 거지. 민주는 작은누나가 생리대를 찾으려고 가방을 뒤지다 우연히 메모지를 발견하게 되었다고 말했어. 그러면서 '멍게 넌 생리대하고 인연이 많은 것 같아.'라며 낄낄거렸지. 그때의 내 기분은 아무도 모를 거야.

　아무튼 작은누나는 내가 쓴 메모지를 휴대폰으로 찍어 아버지와 어머니, 큰누나에게 카톡으로 보내고 민주에게는 '멍게가 무사히 집으로 돌아올 수 있게 신경 좀 써 줘. 아빠, 엄마가 멍게는 물론이고 담임 선생님한테도 전화하신다는 걸 겨우 말렸거든.'이라고 노골적인 부탁까지 한 거지.

　"상관하지 마세요. 어차피 전 돌아갈 생각이 없으니까."

　말과 동시에 별이 번쩍거렸어. 뒤이어 이어지는 고통이란⋯. 나는 머리를 감싸 쥐며 아프다고 소리를 질러 댔지만 민주는 눈 하나 깜박이지 않고 다시 나의 등을 있는 힘껏 내리쳤지.

　"짝!"

　등에 불이 난 것처럼 통증이 밀려왔어.

　"이건 네 큰언니가 직접 부탁한 거야."

　민주는 휴대폰으로 인증 사진까지 찍어서 큰누나 톡에 올린 뒤 '시외버스터미널에서 잡았어요. 정말 가출할 생각이었나 봐요.'라는 댓글도 달았지.

"전 누나가 뭐라든 돌아가지 않을 거예요."

"동순이한테도 말해 놨는데."

"네?"

민주는 현재 시간을 확인하더니 말을 이었어.

"12시까지는 꼭 널 데리고 돌아가겠다고 말야. 오늘 중으로 돌아오지 않으면 졸업할 때까지 화장실 청소를 시킬 거라고 말해 달래. 동순이…. 그래도 괜찮아?"

아아, 그 순간 모든 게 꿈이길 바랐어. 왜 작은누나의 가방 속에 메모지를 넣었던 걸까 하는 후회와 함께 말야.

"그렇다고 바로 들어갈 필요는 없어. 아직 5시간 반이나 남아 있거든."

"…."

"나랑 주문진항으로 갈래? 부산은 너무 머니깐. 여기서 주문진까진 버스로 40분이면 갈 수 있어."

"가서 뭐하게요?"

"뭐하긴. 나랑 데이트 해야지…. 싫어?"

이럴 경우엔 뭐라고 대답하는 게 옳을까? 너희들도 알다시피 첫사랑(민주가 들으면 기분 나빠 할지도 모르지만)이란 건 소중하잖아. 더구나 민주가 먼저 데이트를 하자고 날 꼬신 거라고. 기사도 정신을 발휘해 기꺼이 가겠다고 말하는 게 예의상 어긋남이 없는 거지.

나는 한 치의 망설임도 없이 대답했어.

"뭐…. 누나가 원한다면…."

그렇게 해서 우리 둘만의 밀월여행이 시작되었지. 비록 5시간 30분이라는 한정된 시간이었지만 말야. 주문진으로 향하는 버스 안에서 민주는 지난 1년 동안의 학교 밖 생활에 대해 이야기해 주었는데, 부모님들과 함께 칠레의 땅끝 마을인 푼타아레나스라는 도시와 토레스 델 파이네 국립공원에서 보낸 일주일은 매력적이었던 것 같아. 특히 푼타아레나스의 시내 중심가에 있는 아르마스 광장의 마젤란** 동상에 관한 전설 같은 것들은 꽤 흥미롭기까지 했거든.

"마젤란동상 아래엔 아라카르프 족과 우웰체 족 원주민들의 상이 둘러싸고 있어. 마젤란이 이곳 푼타아레나스***를 발견하면서 멸종하게 되는 부족들이지. 마젤란 때문에 멸종하게 된 부족들이 왜 그와 함께 동상으로 만들어졌는진 모르겠지만, 활을 들고 앉아 있는 아라카르프 족의 발을 만지면 항해를 무사히 끝낼 수 있다는 전설이 전해져 왔대. 그래서 우리 가족은 오빠와 오빠의 친구들을

----

* 마젤란 : 포르투갈의 탐험가(?1480~1521). 1519년에 스페인을 출발하여 남아메리카를 순항하면서 젤란 해협을 발견하고 태평양을 횡단하였다. 필리핀에서 토인에게 피살되었으나, 그의 부하가 항해를 계속하여 1522년 세계 일주를 완성하였다.

* 푼타아레나스 : 칠레 남단 마젤란 해협에 있는 도시. 푸에고 섬의 우수아이를 제외하면 세계 최남단의 도시이다. 지명은 '모래밭의 곳'이라는 뜻이다. 1849년 호세 데 로스 산토스 마르도네스에 의하여 건설되었으며 1927~1937년까지는 마가야네스라고 불렸다. 자유항으로 파나마 운하 개통 전까지는 남동 태평양·대서양 간의 연락항으로서 큰 역할을 하였다. 육·해·공군의 기지가 있다.

위해 그 동상의 발을 만지며 빌었어."

"오빠요?"

갑자기 오빠라는 단어가 튀어나와 고개를 갸우뚱거렸어. 가족 여행이라면 당연히 오빠(내 입장에서는 형이 되는 거겠지)도 따라가야 하는 거잖아. 뭐 국방의 의무 때문이라면 어쩔 수 없겠지만. 그런데 민주는 더 수수께끼 같은 말만 내뱉는 거야.

"그게 내가 1년 동안 휴학한 이유거든. 우리 가족은 서로에게 위안이 필요했으니깐."

그래서 내가 정색을 하며 말했어.

"나한테 가족애 같은 걸 설교할 생각이라면 일찌감치 포기하는 게 좋아요. 전 그런 덴 관심이 없거든요."

"그럼, 지금부터라도 관심을 가지는 게 좋아. 나중에 후회하지 말고."

"절대로 후회 같은 건 안 해요."

민주는 내게 시선을 돌리며 살며시 웃었지. 그 미소가 평소와 달리 슬퍼 보여서 의아한 생각이 들었지만 이내 화제를 돌려야만 했어. 버스가 주문진항에 도착하고 있었거든.

바다를 본다는 건 멋진 일이야. 동네에 있는 산을 오르는 것과는 좀 다른 차원의 느낌이었어. 뭔가 살아 움직이는 듯한 느낌이랄까. 솔직히 나보다 민주가 더 좋아하는 것 같았지만 말야. 주문진항은 사람들과 배와 갈매기들로 북적이는 곳이었어. 항구 특유의 짭짤하면서도 비린 냄새도 싫지 않았지. 남해나 서해보다 동해바다를 으뜸으로 치는 이유는 아마 스케일의 문제가 아닐까 하는 생각이 들 정도였다니까. 어쨌든 민주와 나는 항구에 도착했고, 바다의 웅장한 모습과 함께 바다 사람들의 삶을 고스란히 카메라에 담을 수 있었지. 민주는 꽤 괜찮은 카메라를 들고 있었거든.

부두에 나가 새우깡으로 갈매기들에게 모이를 주는 동안 민주는 바다 앞에서 두 손을 꼭 쥔 채 기도를 했어. 작은누나가 교회에 다니니깐 민주도 당연히 기독교인일 거라고 예상했지만 좀 생뚱맞은 행동이었지. 그때 웬 험상궂게 생긴 아저씨가 다가와 갈매기에게 과자를 주지 말라고 했어.

"왜요?"

"이 녀석들이 새우깡만 먹는 게 아니거든. 여기다 똥도 싸고 우리가 잡아 온 물고기도 훔쳐 간단 말이다."

좀 억지스러웠지만 겁이 나서 반문할 생각은 하지 못했어. 대신 남은 새우깡을 바다에 던져 버리고 민주에게 어슬렁거리며 다가갔지. 둘만의 데이트라는 말 때문인지 평소와 달리 민주에게 제대로 말을 걸 수 없었거든. 괜히 목소리가 떨리고 그녀 가까이만 가도 가슴이 마구 뛰는 거야. 그럴 때마다 그녀는 내 어깨를 치며 웃었지만 얼굴까지 발개져서 정말 어색했거든.

"부산엔 왜 가려고 했어?"

민주가 어색한 침묵을 깨고 먼저 물었어. 나는 머리를 긁적이며 대답했지.

"특별한 이유가 있었던 건 아니에요. 그냥 바다가 보고 싶었을 뿐이니깐."

"멍게 너도 바달 좋아하니?"

"누나는요?"

민주는 말없이 고개를 끄덕였지.

"살다 보면 그럴 때가 있어. 가족조차도 싫어질 때…."

"누나도 그런 적 있어요?"

"대부분이 그런 경험을 했을걸."

하고는 내게 겉옷을 벗어 달라고 했어.

"밤이 되니깐 쌀쌀하다."

나는 입고 있던 점퍼를 그녀에게 벗어 준 뒤 다시 질문을 던졌지.

"휴학했을 때 집에서 반대는 하지 않았어요?"

"부모님들이 나보다 더 힘들어하셨으니깐. 아빠와 엄마에게 여행을 가자고 말한 것도 나였어. 그땐 정말이지 모두들 최악이었거든."

"누나 오빠…, 때문이에요?"

조심스럽게 되물었을 때 그녀는 말없이 고개를 끄덕였어.

"수학여행을 떠난 뒤 돌아오지 않았거든."

"저처럼 가출을 한 거예요!"

흥분한 내가 소리를 질렀어. 하지만 그녀는 고개를 좌우로 흔든 뒤 방파제 옆으로 뒷걸음질 치기 시작했지.

"아, 바다 보니깐 출출해진다. 가서 우동이나 사 먹자."

자기 마음대로 행동하는 민주가 싫었지만 어쩔 수 없었어. 그녀를 쫓아다닐 수밖엔. 왜냐하면 터미널에서 비상금까지 모두 민주에게 빼앗겼거든. 큰누나가 시킨 일이라고 하면서 말야.

우동을 먹고 편의점에서 따뜻한 코코아를 마시고 다시 거리로 나왔을 땐 아쉽게도 호스텔로 돌아가야 할 시간이 다가왔지. 버스 정류장 앞에서 호스텔까지 가는 버스를 기다리면서 그녀와 나는 나란히 앉아 많은 이야기를 나눴어. 델 파이네 국립공원을 하이킹하면서 느꼈던 것들, 예를 들면 그 공원의 산이며 식물들, 폭포에 대해서 말야. 그리고 그녀는 오빠에 대해서도 말해 줬어.

"그날 아침도 오빠랑 다퉜는데 아직도 그게 마음에 걸려. 아마 너네 큰 언니도 비슷한 생각을 하고 있을 거야."

"큰누난 날 머슴처럼 여겨요. 전혀 동생에 대한 애정이 없다고요."

"나도 엄마에게 그렇게 투덜댔지. 오빠가 수학여행을 떠나던 날… 오빤 날 종처럼 부리기만 하고 전혀 존중해 주지 않는다고…"

말을 마친 민주는 휴대폰을 꺼내 카카오 페이지에 남겨진 메시지를 내게 보여 줬어. 나는 휴대폰의 액정 화면을 보면서 '마지막'이란 단어를 다시 한 번 떠올렸지. 무슨 뜻일까? 하고.

'아무래도 마지막인 것 같아. 빠져나갈 곳이 보이지 않아. 끝이라고 생각하니깐 너하고 부모님 생각밖엔 안 나. 어제 아침에 화를 냈던 거 미안해 민주야. 사실 누구보다도 널 사랑했어. 좀 더 잘해 줄 걸 하는 후회가 많이 드네. 정말 그게 너무 미안해서…. 내 몫까지 아버지, 어머니 잘 모셔야 한다. 그리고 잊으면 안 돼. 내가 널 얼마나 사랑하고 좋아했었는지.'

이상하게 가슴이 울렁거렸지. 뭘까? 이 애잔함은. 휴대폰을 돌려받으며 민주는 말했어.

"부모님과 함께 델 파이네 국립공원을 걸어 다니며 약속했었어. 오빠를 절대 잊어버리지 말자고. 그리고 오빠를 그렇게 만든 사람들도."

"혹시…."

"그래. 멍게 네가 생각하는 게 맞아."

그때 호스텔로 가는 버스가 멀리서 다가오고 있었어. 민주와 나는 자리에서 일어나 버스를 기다렸지. 앞문이 열리고 차례로 버스에 올랐어. 다행히 빈 좌석이 많아서 나란히 앉을 수가 있었지. 호스텔로 돌아가는 동안 민주도 나도 침묵을 지켰어. 솔직히 그녀에게 무슨 말을 해야 할지 생각이 나지 않았거든. 1년 전 그날을 나 역시 생생하게 기억하고 있었으니까. 그러다 문득 큰누나가 만약 그런 일을 당했다면 어땠을까? 어떤 기분이 들까? 라는 생각이 들었어. 생리대 심부름은 싫었지만 큰누나를 미워한 건 아니라는 걸 그때야 깨달을 수 있었지.

다행히 동순은 내게 화를 내지 않았어. 대신, 옆에 있는 민주의 손을 잡고 살며시 어깨를 안아 줬을 뿐이야. 방으로 돌아가기 위해 복도를 나란히 걸어가면서 민주는 내게 말했어.

"친밀하고 가까워서 오히려 무관심해 보일 수도 있어. 일종의 착각이지. 실이와 아까 통화했었는데 모두들 멍게 너 걱정만 하고 있대. 부모님에게 문자라도 보내 드려."

나는 고개를 끄덕거리며 그녀에게 말을 건넸어.

"근데 누나."

민주가 동그란 눈으로 나를 봤지.

"왜?"

"지금도…. 많이 아파요?"

"응. 아마 영원히 낫지 않을 거야. 나와 내 가족과, 그리고 오빠의 친구들과 그 가족들까지…."

이상하게 눈앞이 뿌옇게 흐려지는 기분이었어. 민주에게 괜히 미안한 생각도 들었지. 머리를 긁적이며 방으로 다시 걸어가는데 이번엔 그녀가 나를 불렀어.

"멍게!"

뒤돌아서서 대답했지.

"네."

"나하고 약속할 수 있지? 큰언니에게 문자 보내는 거."

나는 수줍게 고개를 끄덕였어.

12시를 조금 넘긴 시간이었지만 아직 방은 환하게 불이 켜져 있었지. 아이들 모두 내가 돌아오길 기다리고 있었던 거야. 방으로 들어가자마자 반 녀석들은 나를 둘러싼 뒤 민주랑 어디까지 갔냐고 묻더군. 기대에 찬 눈들로 말야. 그래서 당당히 말했어.

"주문진항까지!"

"에이 씨! 그걸 물어본 게 아니잖아! 바보야!"

그렇게 나의 첫 번째 가출 시도는 실패로 끝났어. 그날 이후 난 민주에게 좀 더 신경을 쓰게 되었지. 그녀의 미소 뒤에 숨겨진 어떤 슬픔 같은 걸 느낄 수 있었으니까. 학교로 돌아가는 버스 안에서 나는 아버지와 어머니, 작은누나에게 사랑한다는 문자를 보냈어. 그리고 한참을 망설이다가 큰누나에게도 사랑한다는 문자메시지를 보냈지. 민주와의 약속을 꼭 지키고 싶었으니까. 그런데 그 순간 가슴 한쪽이 뻥 하고 뚫린 기분이 들더라. 이유가 뭔진 모르겠지만 말야.

그녀와 난 주문진항에서처럼 수다를 떨어 댔어. 수다를 떨다 지치면 졸고, 그러다 같이 군것질도 하면서 말야. 난 마음속으로 민주의 그런 모습이 다행이라고 생각했지. 아픈 상처를 딛고 일어선 모습도 보기 좋았거든. 민주와 그녀의 가족이 얼마나 힘든 시간을 보냈는지는 알 수 없었지만…. 나중에 들은 얘긴데 민주 역시 나 때문에 오빠에 대한 부채감에서 많이 벗어날 수 있었대. 작은누나가 그렇게 말해 줬거든.

학교 운동장에서 마지막으로 인원 체크를 하고 작별 인사를 나

누기 전에 나는 민주에게 약속했어.

"저도 잊지 않을게요. 똑똑히 지켜보겠어요."

그녀는 대꾸하는 대신 나를 꼭 껴안아 줬지. 모든 녀석들의 부러움 속에서 말야. 어쨌든 그렇게 나의 의도된 가출 시도는 실패로 끝났어. 하지만 민주를 통해 뭐랄까? 가족의 소중함을 느낄 수 있었다고 할까? 그걸로 난 만족하고 있어. 그리고 그녀와 그녀의 가족에게 일어난 불행이 다시는 반복되지 않길 빌고 싶었어. 아직도 민욱(민주 누나의 오빠 이름이야) 형의 마지막 메시지를 잊을 수가 없으니깐.

'아무래도 마지막인 것 같아. 빠져나갈 곳이 보이지 않아. 끝이라고 생각하니깐 너하고 부모님 생각밖엔 안 나. 어제 아침에 화를 냈던 거 미안해 민주야. 사실 누구보다도 널 사랑했어. 좀 더 잘해 줄 걸 하는 후회가 많이 드네. 정말 그게 너무 미안해서…. 내 몫까지 아버지, 어머니 잘 모셔야 한다. 그리고 잊으면 안 돼. 내가 널 얼마나 사랑하고 좋아했었는지.'

작가의 말

단편을 쓴 이유

누군가 내게 상실에 대해 아느냐고 물어본 적이 있었어. 사랑하는 사람을 잃어버린 뒤에 오는 깊은 슬픔과 절망과 죄책감에 대해서 느껴 본 적이 있냐고. 물론 나는 아무런 대답도 할 수 없었지. 다행히 소설 속의 민주는 상실감에서 벗어나 자신과 가족의 미래를 생각하기 시작했던 것 같아. 하지만 그녀가 웃음을 되찾기까지 얼마나 힘든 시간을 보냈을까?

오빠가 그토록 가고 싶었던 칠레의 땅끝 마을인 푼타아레나스와 토레스 델 파이네 국립공원을 민주는 가족들과 함께 떠났어. 그곳에서 그녀와 그녀의 가족들은 많이 울었대. 눈물샘이 마를 때까지 울고, 서러워하고, 오빠를 죽인 사람들을 미워하면서 말야.

사실, 이 부분은 소설의 에필로그에 속했던 거야. 이 부분을 본문에서 뺀 이유는 간단해. 민주의 마음을, 그 상실의 아픔을 난 아직 경험하지 못했으니까. 그 감정을 직접적으로 묘사하는 건 피해야 한다는 생각이 들었거든. 하지만 민주에겐 어떻게든 위안을 주고 싶었어. 그래서 내 분신인 멍게를 소설에 등장시켰던 거야.

소설이 아닌 현실 속의 민주들에게, 더 이상 슬퍼하지 말아요. 조금은 웃어 보세요, 라는 메시지를 주고 싶었으니까….

하고 싶은 말

이 세상에서 부유한 사람은 상인이나 지주가 아니라, 밤에 별 밑에서 강렬한 경이감을 맛보거나 다른 사람의 고통을 해석하고 덜어 줄 수 있는 사람이다, 라고 알랭 드 보통은 말했어. 나도 비슷한 생각이야. 타자와 공감하는 능력이야 말로 세상을 진실 되게 하는 조건이라는 거…. 성적과 좋은 대학, 좋은 직장을 얻는 것도 중요하지만 겉으로 보여지는 모습만이 인생을 풍요롭게 만들지는 않는다는 걸 말해 주고 싶어.

여행에 대해서

나를 둘러싼 습관적인 시선에서 벗어나는 것. 작은 일탈은 새로운 나의 모습과 가능성을 찾아가는 방법이라는 것 - 멍게는 가출을 실행한 뒤에야 여전히 큰누나를 사랑하고 있었다는 걸 깨달을 수 있었지.

마지막은 김화영 선생의 글로 대신할게.

여행지에서 그렇게 만났다가 그렇게 떠나보낸 사람들은 우리에게
말해 준다. 우리 일생이 한갓 여행에 불과하다는 것을. 여행길에서
우리는 이별 연습을 한다. 삶은 이별의 연습이다. 세상에서 마지막
보게 될 얼굴, 다시는 만날 수 없는 한 떨기 빛. 여행은 우리의 삶
이 그리움인 것을 가르쳐 준다.

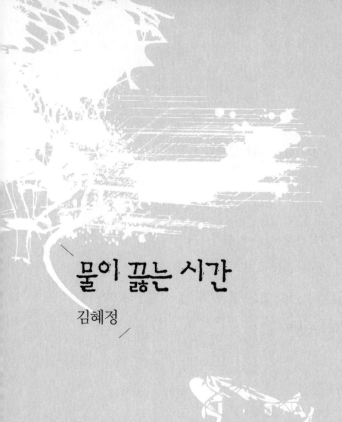

물이 끓는 시간

김혜정

휴대 전화가 울렸다. 한 시간에 벌써 열 번은 족히 되었다. 처음부터 전화는 받지 않을 작정이었다. 너 어디니? 빨리 들어와. 너까지 이러면 어떡해? 은희의 휴대 전화에서 흘러나오는 엄마의 목소리라니. 아직도 죽은 은희의 휴대 전화 번호를 쓰는 엄마를 오죽하면 그러랴, 했다. 하지만 번번이 섬찟했다. 전원을 *끄는* 순간, 무거운 옷을 벗어 던진 기분이었다. 나뒹구는 페트병을 걷어찬다는 것이 그만 땅에 발가락을 찧고 말았다. 발가락의 통증보다 견디기 어려운 건 나라는 존재의 후줄근함이었다. 집을 박차고 나와서 한다는 것이 PC방을 전전하거나 거리를 배회하는 게 고작이었다. 하지만 이러는 거 말고 또 무엇을 할 수 있을까.

　그제 저녁 집을 나설 때만 해도 길거리에서 밤을 지낼 거라고는 생각지 못했다. 될 대로 되라는 심정이었다. PC방에서 나왔을 때는 이미 어둠이 내린 뒤였고 네온을 쫓아 거리를 쏘다니다가 새벽을 맞았다. 늘씬하게 두들겨 맞은 것처럼 몸이 욱신거려서 찜질방에 갔다가 잠이 들어 버렸다. 그렇게 하루가 지나고 다시 아침이 찾아왔다. 햇살은 또 왜 그리 투명하던지. 같은 식으로 또 하루를 보낼 걸 생각하니 아뜩했다. 불현듯 어디론가 떠나고 싶었다. 무작정 터미널로 갔다. 딱히 어디로 가야 한다는 생각도 없었다. 가장 가까운 시간에 떠나는 차편이 목포행이었다. 그걸 타지 않으면 또 망설일 것 같아 일단 표를 끊었는데 잘했다는 생각이 들었다. 사내답지 못하다는 말만 듣고 살아온 탓이었을까. 주먹의 도시라는 별칭에 막연한 선망이 있었는지도 모르겠다.

그러나 막상 도시의 별칭은 과장이나 허세에 불과해 보였다. 어디에서나 마주하는 해와 공기, 나지막한 건물들과 중소형 자동차들이 무채색의 풍경을 이룬 채 느릿느릿 움직였다. 만만해 보인다고 할까. 이상한 안도감이 찾아왔다. 나는 의기양양하게 숨을 들이마시고 내뱉기를 반복했다. 햇살이 옷자락을 움켜잡고 살을 꼬집었다. 이쯤에서 돌아가라는 경고 같기도 했다. 그깟 것쯤은 무시하라고 내 안의 내가 속삭였다. 나를 알아볼 사람이 없다는 데 묘한 해방감까지 느꼈다.

몇 발짝 떼지 않아 갑작스러운 허기가 밀려왔다. 편의점에서 삼각 김밥을 먹다가 느닷없이 목이 메었다. 집을 나온 지 고작 이틀이 지났는데 아주 오래 떠나와 있는 것 같은 기분은 무엇인가. 땀이 밴 티셔츠까지 꿉꿉해서 초라함을 부추겼다.

정오가 지나도 도심의 뒷골목은 여전히 깨어나지 못한 채였다.

밟히고 찢긴 전단지만이 지난밤의 궤적을 증언하듯 이리저리 쓸려 다녔다. 몇몇 아이들이 담배를 꼬나문 채 언쟁을 벌이고 있었다. 삥 뜯을 대상을 찾고 있는 눈들이었다. 나와 눈이 마주치자 한 녀석이 손짓을 했다. 야, 꼬챙이 이리 와 봐. 그 말을 들었는지도 확실치 않았다. 그저 지레 겁을 먹고 줄행랑을 쳤다. 어느 순간, 또 내가 도망치고 있구나, 라는 자각이 머리를 때렸다. 햇살이 몸의 물기는 물론, 피까지 깡그리 말려 버릴 기세였다.

시간은 미라 속에서처럼 더디게 흘렀다. PC방에서 시간을 때우고 나왔지만 해는 여전히 하늘 한가운데서 위용을 떨쳤다. 나도 모르게 발길이 다시 터미널로 향했다. 전광판에서 반짝거리는 지명들이 낯설었다. 그중 낯익은 이름 하나가 눈에 들어왔다. 진도. 어쩌면 목포로 올 때부터 이곳이 나의 무의식 속에서 작용하고 있었는지도 몰랐다. 진도를 경유해서 가는 팽목항이.

이 년 전 4월 어느 날이었다. 제주도로 수학여행을 가는 학생들을 태운 여객선이 침몰했다는 소식이 매스컴과 SNS를 도배하다시피 했다. 거대한 배가 기우뚱해 있는 광경과 함께 전원구조, 라는 속보가 나왔지만 곧 오보임이 밝혀졌고, 결과는 참담했다. 시신으로 돌아온 아이들을 맞이하는 가족들의 통곡과 애도 행렬이 이어졌다. 여기저기서 무책임한 정부에 대한 비난이 빗발치고 분노의 불길이 솟구쳤다. 시사동아리연합 회장이었던 은희는 노란 리본을 만들어 배포하고, 특별법 제정을 촉구하는 서명지를 돌렸다. 공부 잘

하는 모범생인 줄만 알았던 은희가 다시 보였다. 그 애가 정말 나와 생일이 같은 남매인지 의심이 갈 정도였다. 그 뒤로 은희의 키가 훌쩍 컸다는 게 눈에 보였다. 방학이 되자 은희가 동아리 친구들과 함께 팽목항에 갈 건데 같이 가자고 했다. 나는 선뜻 용기가 나지 않았다. 멀미를 핑계로 고개를 저었다.

그런데 오늘 이렇게 가는 걸 보면 언제든 가야 하는 곳이 있는 모양이었다.

한 시간 가량 쉬지 않고 달린 버스가 진도 터미널에 몸을 부렸다. 내심 긴장한 탓인지 아랫배가 살살 아팠다. 화장실에 들르는 걸 감안해도 팽목항행 버스 시간과 얼추 맞아떨어졌다. 버스를 기다리는 동안 기분이 이상했다. 특별한 무언가를 만나기 전의 설렘, 그러나 그 이상의 울적함이 뒤따랐다.

버스 안의 좌석마다 장바구니와 짐 꾸러미가 즐비했다. 게다가 땡볕에 달궈질 대로 달궈진 버스는 찜통 그 자체였다. 동산 하나를 질러가고 있을 때 커다란 배낭을 멘 군인이 손을 들었다. 곧 버스가 멈춰 섰다. 그런데 군인이 탄 뒤에도 버스는 떠나지 못했다. 지팡이를 짚고 손을 흔들며 논둑길을 걸어오는 노인 때문이었다. 기다려 주자는 의견이 대세였다. 그 사이 승객들은 버스에서 내려 소변을 보거나 스트레칭을 했다. 그러나 버스 가까이 다가와서도 노인은 버스를 타지 않았다.

"몸 성히 댕겨와야 쓴다."

40

"알았응께 얼릉 들어가시오. 아부지."

차창을 사이에 두고 손을 놓지 못하는 부자를 향해 승객들의 시선이 모아졌다.

"늘그막에 본 막둥인가 보구마이."

"애간장이 다 녹아부요."

몇 명 되지 않은 승객들의 수수한 얼굴에서 친근감이 물씬 풍겼다.

버스는 섬을 끼고 돌며 천천히 달렸다.

"오메, 징하게 더워불그마이."

"이 삼복더위에 장작 때는 사람도 안 있등가라. 쪼께 참으시오."

"그라제라이. 이 차에 발 디딜 틈도 읎든 때가 엊그제 같은디 말여라, 인자 검은 개 한 마리도 안 와부요이."

"누가 아니랍디여. 그랑께 죽은 아그들만 원통해불지라."

버스가 해안도로를 타고 달리자 갯내가 밀려 들어왔다. 속이 메스꺼웠다. 자꾸 치솟는 침을 뱉고 싶은 것을 가까스로 참았다.

드디어 팽목항이 가까워진 듯했다. 해풍에 쓸리고 햇볕에 빛이 바랜 리본들이 맥없이 나풀거렸다. 버스 바퀴가 몇 번인가 공회전을 하더니 살짝 미끄러졌다.

이윽고 선착장이었다.

곳곳에 펼쳐진 그물뿐, 선착장은 한적했다. 버스에서 내린 사람들의 북적임도 잠시뿐이었다. 모두 떠나 버리자 선착장은 비어서 더

휑했다. 나는 해안가를 따라 걸음을 옮겼다. 자꾸 발을 헛디뎌 몸이 휘청거렸다. 이따금 갈매기들이 떼 지어 몰려왔다가 사라지기를 반복할 뿐 바다는 아무 일도 없었다는 듯 고요했다.

버스 안에서는 전혀 느끼지 못했던 허기가 돌연 밀려왔다. 마침 분식집 간판이 눈에 들어왔다.

손님은 없었다. 주방 쪽으로 예닐곱 개나 되는 들통이 늘어서 있었다. 들통이라면 엄마가 이따금 빨래를 삶을 때나 쓰는 물건이었다. 어디에 쓰려고 저렇게 많이 들여 놓았을까 하는 의문이 문득 스쳤다. 작고 마른 몸피의 여주인은 어깨에 손을 얹은 채 졸고 있었다. 머리 한가운데가 휑하고 싸락눈처럼 흰머리가 올라왔다. 그러나 앞치마를 두른 옷매무새만은 단아했다. 기척을 내느라 헛기침을 했는데도 그녀는 미동도 하지 않았다. 이건 잠깐 졸음을 달래는 정도가 아니라 아예 깊은 잠에 빠져 있는 거였다. 파리 한 마리가 그녀의 얼굴 주변을 웽웽거리며 날아다녔다. 나는 그녀가 깰 때까지 기다리자 싶어 바다가 보이는 방향으로 자리를 잡고 앉았다. 물이 끓는 소리가 들려왔다. 나지막하고 일정한 리듬이 나를 달콤한 잠으로 이끌었다.

어깨에 와 닿는 손길을 느끼며 고개를 들었을 때 그녀가 나를 향해 웃음을 지었다. 침까지 흘리고 잤다는 걸 깨닫고 민망해서 얼른 고개를 숙였다.

"학생, 많이 피곤한 모양이네. 배고프지? 뭘 좀 줄까?"

"라면이요."

그녀가 물과 김치를 비롯해 라면에 어울리지 않는 밑반찬들을 내왔다. 곧이어 라면 냄새가 진동했다. 양은 냄비에 계란을 풀고 파를 송송 썰어 넣은 라면은 보기만 해도 군침이 돌았다. 떡이 들어 있는 걸 보고는 눈이 절로 메뉴판으로 갔다. 라면은 이천 원, 떡라면은 메뉴에 없었다. 아무리 시골이라고 해도 가격 대비 너무 근사했다. 무엇보다 맛이 좋아서 금세 냄비의 바닥이 드러났다. 내가 헛젓가락질 하는 걸 보았는지 그녀가 김이 모락모락 나는 밥 한 공기를 내왔다.

"이건 덤이야. 맛있게 먹어 줘서 고마워."

거절하기가 민망할 정도로 다정한 말투에 고개를 끄덕이고 말았다. 그녀가 표준어를 쓴다는 데 난데없는 유대감까지 느꼈다.

"천천히 먹어, 천천히. 꼭꼭 씹어서."

밥을 먹는 내내 그녀가 나를 지켜보았다. 밥 더 줄까? 천천히, 라는 말을 몇 번이나 하면서. 천천히 먹어야지 하는 마음과 달리 내 숟가락질은 급하기만 했다.

분식집을 나오자 방파제가 한눈에 들어왔다. 멀리 빨간 등대가 우뚝 서 있고 추모 글들이 적힌 현수막이 바람에 나부꼈다. 길은 온통 노란 물결이었다.

잊지 않을게.

이제 그만 돌아오렴.

거기 바다는 너무 춥잖아.

사랑해.

보고 싶다.

구구절절 애틋했다. 가슴이 울렁거리는 걸 애써 누르고 방파제를 따라 걸었다.

미안해! 지켜 주지 못해서.

다음 생에 꼭 다시 만나자.

은희가 교문 앞에서 서명지를 돌릴 때 들고 있던 피켓에 적힌 글들이었다. 내가 은희에게 하고 싶은 말도 있었다. 가슴이 먹먹해지면서 이내 눈물이 북받쳐 올랐다. 은희가 죽은 순간에도, 장례식 때도 눈물 한 방울 흘리지 않았다. 모두가 나를 원망하는 것 같아서 어디로 숨어 버리고 싶었을 뿐 슬픔 따위는 느낄 겨를도 없었다. 은희 대신 살아 남았다는 것은 그 자체로 지독한 형벌이었다. 그날 이후 나는 눈물마저 말라 버린 냉혈한이 되었는지 모른다. 그런데 괴어 있던 눈물이 한꺼번에 쏟아졌다. 한번 시작된 눈물을 걷잡을 수가 없었다. 기어이 다리가 후들거리는 터에 등대 앞에서 주저앉고 말았다.

그제는 은희의 기일이었다. 방과 후 수업도 제치고 해가 남아 있는 시간에 집으로 향했다. 거실에는 생전에 은희가 좋아했던 음식들이 차려져 있었다. 그 앞에서 엄마는 은희의 영정을 품에 안은 채 맥락을 알 수 없는 말을 중얼거렸다. 은희에게 보내는 엄마만의 암호. 둘만의 대화에 끼어들 여지는 없었다. 게다가 엄마는 메탈 장식이 달린 옷을 입고 새빨간 립스틱과 매니큐어를 바른 채였다.

울 엄마 젊었을 때 사진 보면 여신급인데 얼굴이랑 손이 이게 뭐야. 립스틱도 바르고 매니큐어도 발라 봐.

언젠가 식당 일을 마치고 돌아온 엄마에게 선물 상자를 내밀며 은희가 말했다.

아버지는 엄마 옆에서 술을 홀짝거리다가 나를 힐끗 처다보았다. 한 시간이 지나도록 두 분은 그 자리에서 꼼짝하지 않았다. 그 자세를 유지하지 않으면 안 된다고 약속이나 한 것처럼. 어느 순간 엄마의 입에서 타령조의 동시가 흘러나왔다.

뜰 앞에 쨍아가 죽었습니다. 과꽃 나무 밑에 죽었습니다. 개미들이 장사를 지내 준다고 작은 개미 앞뒤 서서 발을 맞추고 왕개미는 뒤에서 따알랑 딸랑…*

엄마가 할머니에게 배워 우리에게 가르쳐 준 동시였다. 은희는 그 동시의 리듬을 살리고 박자를 넣어 노래처럼 읊곤 했다. 은희의 목소리를 흉내 내는 엄마의 얼굴에 은희가 겹쳐졌다. 엄마에게 은희의 혼이라도 씐 것 같아 섬뜩했다. 거기에 연방 히죽거리는 아버지

---

* 천정철 시 〈쨍아〉 중에서

까지 어우러져 집 안은 기이하다 못해 기괴한 분위기를 자아내고 있었다. 그 광경이 내 목을 죄어 오는 것을 느꼈다.

"내가 잘못했다. 미안하다!"

처음에는 아버지가 나에게 하는 말인 줄 알고 어리둥절했다. 그 말을 몇 번이나 반복했을 때야 비로소 그것이 은희를 향한 것임을 깨달았다. 언젠가 내가 아버지의 지갑에서 돈을 훔쳤을 때 나 대신 은희가 회초리를 맞았던 것이 떠올랐다.

순간, 아버지와 눈이 마주쳤다.

나쁜 놈! 내가 모를 줄 알아? 돈을 훔친 건 은희가 아니라 너지? 라고 아버지의 눈이 말하고 있었다.

이번에는 엄마가 울먹거렸다.

"내 탓이야. 내가 널 죽인 거다. 양보만 하라고 가르친 내가 널 죽인 거야…"

둘 중 누군가 죽어야 한다면 너야, 라고 말하는 눈빛. 지난 일 년 동안 그 눈빛을 숱하게 마주했다. 그걸 부인하려고 얼마나 안간힘 썼던가.

그러나 이제 더 이상은 외면할 수도 부인할 수도 없는 현실이었다. 죽은 지 일 년이 지난 은희는 여전히 죽어서는 안 되는 딸로 집 안 구석구석에서 살아 숨 쉬고 있었다. 나는 언제까지나 있으나마나 한 아들로 죽은 듯이 살아가야 한다는 게 막막하고 두려웠다. 게다가 죽을 때까지 안고 가야 하는 죄책감이라니. 결국 아버지와 엄마, 죽은 은희까지 셋이 하나가 되어 나를 밀어냈다.

언제 와 있었는지 트레이닝 차림의 청년이 내 앞에 서 있었다. 무슨 말을 하고 싶은 눈치였다. 달갑지 않아서 나는 얼른 일어나 걸음을 재촉했다.

"친구 찾아왔냐?"

나이 차이도 별로 안 나 보이는데 언제 봤다고 반말이야.

나는 마음이 삐딱해져서 그를 꼬나보았다. 몇 걸음 물러섰던 그가 한참이 지나도 내 주변을 맴돌고 있었다. 내가 바다에 뛰어들기라도 할까 봐 감시하고 있다는 의혹을 떨칠 수가 없었다.

"어디서 왔냐?"

"왜 반말이에요? 처음 보는 사람한테 반말하면 안 되는 거 아녜요?"

"짜식 까칠하긴. 난 동생 같아서 그런 건데."

언제 봤다고 동생이야?

쏘아 주고 싶었지만 더 이상 그와 엮이기 싫었다. 동요하지 않는다는 걸 보여 주기 위해서는 묵묵히 걷는 수밖에 없었다. 그가 끈질기게 따라붙었다.

"사내자식이 그렇게 매가리가 없어서 되겠냐?"

순간, 나도 모르게 욕이 나갔다. 그는 처음부터 맞설 생각이 없었던 듯 손으로 이마를 쓱 문지르고는 나를 바라보았다. 욕을 한 건 나인데 도리어 내가 욕을 먹은 기분이었다. 한마디로 기분이 엿 같았다. 씩씩거리고 있는데 그가 한술 더 떠서 내 어깨에 팔을 걸쳤다. 속이 느글거렸지만 차마 내치지 못하고 어정쩡하게 서 있었다.

"이 년 전엔 나도 고 3이었다. 고 2 때까지는 공부깨나 하는 축에 속했는데…."

그가 천연덕스럽게 말을 하기 시작했다. 듣거나 말거나, 라는 표정이었다. 나도 들을 생각이 추호도 없었다. 그가 내 옆구리를 툭 쳤다. 또 욕이 나가려는 걸 꾹 눌러 삼키고 그의 팔을 홱 밀쳐 냈다.

그는 겨울방학 때부터 공부는 제쳐 두고 껄렁한 친구들과 어울려 다니는 데 재미를 붙였다. 성적이 곤두박질치자 집안이 발칵 뒤집혔다. 설상가상으로 여자 친구까지 등을 돌렸다. 삶에 대한 회의가 몰려왔다. 나중에는 매사에 의욕이 없어지고 죽고 싶은 마음까지 들었다. 그런 말을 친구와 카톡으로 주고받았다가 엄마에게 들켰다.

세월호나 타고 죽지 그랬어? 보상금이나 받게.

그 길로 집을 뛰쳐나왔다. 그런 말을 하는 사람이 자기 엄마라는 게 부끄럽고, 그런 말까지 들어야 하는 자신이 미웠다. 거리를 배회하다 하필 옆 학교 애와 시비가 붙어 몸싸움으로 이어졌다. 경찰서에서 학교로 연락이 갔고 징계위원회에 회부되어 사회봉사를 받았다. 봉사할 곳을 선택하라는 말에 팽목항, 이라고 했다. 거기 가서 뭔가 하지 않으면 안 될 것 같았다. 일주일 봉사를 마치고 집으로 돌아갔는데, 유가족들의 통곡소리가 귓전을 맴돌았다. 또래 아이들이 그렇게 많이 죽었는데도 공부, 공부하는 현실에 수치심을 넘어 혐오감까지 느꼈다. 잊지 말자, 고 하면서도 잊을 수밖에 없게 만들어 버리는 어떤 현실이나 상황들에 분노가 솟구쳤다. 재수를 해 봐야 별수 없을 것 같아 일부러 이 근방에 있는 대학에 진학했는데, 여전히 공부에 집중이 되지 않아 입대를 결심했다. 입대가 일주일 앞으로 다가왔다.

"해군에 지원했어. 그들을 잊지 않기 위해 내가 할 수 있는 걸 찾아보려고."

트레이닝은 등대 쪽을 하염없이 바라보았다. 그를 둘러싸고 노란 리본들이 펄럭였다.

"저 리본들 보고 있으면 미안하고 부끄럽고 그래. 앞으로 어떻게 살아야 할 건지 생각도 하게 되고."

그는 유가족들이 시위를 하고 있는데 한쪽에서는 교통사고 처리를 하고, 단식 농성 앞에서 폭식 농성을 하거나 유가족들에게 상처를 주는 댓글을 볼 때면 분노가 끓어올랐다. 이따금 이곳에 와서 잊지 말아야 한다는 마음을 다지곤 했다. 해안가를 어슬렁거리다 우연히 구한 목숨도 있었다.

여기에 다녀온 뒤로 은희에게 변화가 찾아왔다. 공부는 여전히 열심히 했지만 동아리활동에 더 열성을 기울였다. 공부 말이야, 전에는 그저 해야 하는 거라고 생각했는데 이제 아니야. 왜 해야 하는지 알게 됐어. 나 글 쓰는 사람이 될까 봐. 네가 무슨 글이야? 증언

하는 사람이 되고 싶어서. 은희가 그 말을 했을 때 또 잘난 척, 하고 지나쳤다.

"무슨 일로 여기 왔는지 모르겠다만, 혹시 여기서 자고 갈 거면 열 시쯤 여기서 보자."

그는 내가 여기에 꼭 와야 할 것처럼 말했지만 나는 귓등으로도 안 들었다. 물론, 오늘 밤을 어디서 보낼지에 대한 계획은 없었다. 마땅히 묵어갈 곳을 알아본 것도 아니었다. 시내로 나가서 찜질방에 가는 것도 내키지 않았다.

"혹시 잘 데가 마땅치 않으면 내 방에서 자든지. 여름이라도 밤바람이 차니까 한데서 잘 생각은 말고."

그가 내 속에 들어왔다가 나온 것처럼 말했다. 내 꼴이 말이 아니겠다 싶으니 약간 켕겼다. 그가 건네는 쪽지를 받아 주머니에 넣었다. 그걸 다시 볼 거라는 생각은 하지 않았지만 그가 보는 앞에서 구겨 버릴 수도 없었다.

"시내 나갈 거면 저걸 타고."

그가 선착장에 서 있는 버스를 가리키며 막차라고 했다. 타려면 지금 선착장으로 가야 한다는 듯이. 나는 고개를 끄덕이면서도 그 버스를 탈 것인지 말 것인지에 대해 생각하지 않았다. 여기에 오래 머물러야 할 이유가 없듯 서둘러 떠나야 할 이유도 없었다.

그가 돌아선 길을 따라 허리가 구부정한 할머니가 꽃바구니를 옆구리에 낀 채 걸어오고 있었다. 나는 곧장 등대로 향했다. 하늘나라 우체통 앞에서 절음이 절로 멈추었다. 멍하니 앉아 있는데, 과자 부스러기를 등에 진 개미 떼가 눈에 띄었다. 가슴속에서 묘한 파동이 일어나는 것을 느꼈다.

얼마나 지났을까, 기이한 광경이 펼쳐졌다. 개미들이 잠자리의 머리를 갉아먹었다. 순식간에 잠자리의 몸통이 해체되었다. 순간, 사방에 꽃잎이 흩날렸다. 이건 뭐지? 하는 순간, 그것이 내가 만들어낸 착시인 걸 깨달았다.

고개를 들었을 때, 할머니가 꽃잎을 따서 바다에 뿌리고 있었다. 내 입에서 그 시 '쨍아'가 흘러나왔다.

뜰 앞에 쨍아가 죽었습니다. 과꽃 나무 밑에 죽었습니다. 개미들이 장사를 지내 준다고 작은 개미 앞뒤 서서 발을 맞추고 왕개미는 뒤에서 따알랑 딸랑….

나보다 한 시간을 먼저 세상에 나온 은희는 키와 몸무게가 표준을 훨씬 웃돌았다. 뒤늦게 나온 나는 평균에 한참 못 미치는 체구에 황달까지 달고 나왔다. 인큐베이터에서 한 달을 지내야 했다. 하마터면 세상 구경도 못 할 뻔했던 나는 줄곧 건강하게만 자라면 되었다. 그런 동생을 둔 은희는 내 몫의 부담까지 짊어져야 했다. 둘이 먹기에 부족한 엄마 젖을 독차지한 것도, 엄마 등에 먼저 업히는 쪽도 매번 나였다. 나는 은희의 양보를 당연하게 여겼고, 나중에는 그것을 이용하기도 했다.

아버지의 지갑에서 몇 번 돈을 꺼냈다가 꼬리를 잡히고 말았다. 아버지의 호통소리가 들렸을 때는 이미 은희가 거짓 자백을 한 뒤였다. 은희가 회초리를 맞는 걸 알면서도 나는 거실로 나가는 대신 머리까지 이불을 끌어올렸다. 아버지가 은희의 말을 믿을까, 하는 의문이 들기 시작하자 견딜 수가 없었다. 거짓말까지 해서 나를 감싸 주는 은희가 고맙기는커녕 가증스러웠다. 다음 날 아침 일찍 집을 빠져나와 텅 빈 운동장을 달렸다. 저녁에는 친구들과 어울려 PC방과 노래방을 전전하며 귀가를 늦추었다. 그때 은희의 메시지가 들어왔다. 올 동생, 누나가 밥 사 줄게. 너 좋아하는 콩불고기. 노래방에서 그걸 확인하고 친구의 담배를 빼앗아 피웠다. 누나는 개뿔, 얼마나 일찍 태어났다고. 얼마 안 가서 그 일을 까맣게 잊었다. 장례를 치르고 난 뒤, 그 일이 가장 먼저 떠올랐다. 내가 두 번째로 담배를 피운 날이었다.

은희와 나는 같은 고등학교에 진학했지만 생활의 차원은 너무나 달랐다. 나는 야간 자율학습은커녕 방과 후 수업 한 번 듣지 않았다. 은희는 심화반에 들어갔다. 한밤중이 되어서야 집에 와서는 곧장 독서실로 향했다. 새벽녘에 들어와서 내가 일어나기도 전에 집을 나섰다. 방학이 되자 아예 독서실에 틀어박혔다. 집에는 샤워를 하거나 옷을 갈아입으러 들르는 정도였다. 토요일이었는데 친척 결혼식이 있어 부모님이 1박 2일로 집을 비웠다. 나는 선심 쓰듯 은희를 마중 나갔다. 그런데 하필 신호등 앞에 서 있는 우리를 향해 승용차 한 대가 돌진해 왔다. 은희가 비명을 지르며 나를 밀어냈다. 상황 판단을 했을 때는 이미 은희가 삼 미터쯤 멀리 튕겨 나간 뒤였다. 은희를 덮친 것은 음주운전 차량이었다. 은희는 병원으로 가는 도중에 숨졌다. 은희가 필사적으로 나를 밀쳐 내는 모습이 블랙박스를 통해 드러났다. 그것이 열여덟 꽃다운 나이의 억울한 죽음을 동생을 구한 살신성인의, 장렬한 죽음으로 바꾸어 주었다.

그 뒤로 나는 말수가 줄고 외출을 삼갔다. 외출할 때는 모자를 눌러 쓰고 아는 얼굴과 마주치면 달아나기에 바빴다. 엘리베이터를 타려다가 누가 타고 있으면 얼른 돌아서서 계단을 이용했다. 은희 대신 건진 목숨이란 그런 거였다. 네 탓이 아니야, 라고 하는 말은 귀에 들어오지 않았다. 나 대신 은희가 죽었으니 나는 죄인이었다. 무조건 죄인이었다. 부모님이 대놓고 말하지는 않았지만, 나는 은희의 자리를 메워야 한다는 무언의 압박감을 느꼈다. 그 전까지 다니지 않았던 학원에도 다니고 야간 자율학습을 자처했다. 최상위권이었던 은희에게는 미치지 못했으나 성적도 조금 올렸다. 휴일이면 내 방 청소와 설거지를 하면서 제법 괜찮은 아들이 되어 가고 있다고 생각했다. 그것만이 내가 해야 할 일이고 할 수 있는 일이었다.

그런데 그제 저녁, 그동안 차곡차곡 모아 둔 보물을 송두리째 도둑맞은 기분이었다. 죽었다 깨어나도 나는 은희처럼 될 수 없고 은희를 대신할 수도 없다는 자각이 뼈저리게 다가왔다.

잠깐 사이에 시야 가득 노을이 들어찼다. 텅 빈 바구니를 든 채 방파제를 따라 걸어가는 할머니의 뒷모습이 처연했다. 버스는 여전히 그 자리에 서 있었다. 저걸 타야지 하는 생각으로 걸음을 재촉했다. 그러나 내가 선착장에 도착할 즈음 버스가 출발하고 말았다. 바람맞은 기분과 차라리 잘됐다 싶은 마음이 공존했다. 걸음의 속도를 늦추면서 숨을 깊이 들이마셨다. 갯내가 혈관까지 스며드는 느낌이었다.

노천 파라솔에서 막걸리를 마시는 사람 둘뿐 선착장은 황량하리만치 적막했다.

이제 어디로 가야 하나. 갑자기 피로가 엄습해 왔다. 숙소를 찾기 위해 간판들을 살펴보았다. 민박집 입간판이 더러 눈에 띄었다. 주머니 속의 돈은 달랑 삼만 원. 올라갈 차비를 빼면 민박은 어림도 없었다. 여기까지 와서 차비 걱정이나 하는 꼴이라니. 게다가 돌아가기에는 너무 멀리 와 버리지 않았는가. 오기와 두려움이 뒤범벅된 채 여기저기 누비고 다니다 멈춰 섰다. 분식집 앞이었다. 이 집이라면 나를 재워 줄지도 모른다는 생각을 무의식중에 했던 것일까. 어디든 한 곳쯤 갈 곳이 있을 거라는 막연한 기대감을 가졌는지도 모른다. 분식집 유리문 안쪽으로 트레이닝이 보였다. 반가움의 이면에 자괴감이 훅 끼쳤다. 세상이 그렇게 호락호락한 곳은 아닐 거라는. 누가 생면부지인 나를 재워 주겠는가. 나는 문 앞을 서성이다 돌아섰다.

얼마쯤 걸었을까. 학생, 하고 부르는 소리가 들렸다. 설마, 나를 부르는 건 아니겠지 하면서도 나는 이미 그 목소리에 이끌리고 있었다. 귀에 익은 목소리였다.

분식집 뒤쪽에서 아주머니가 빨리 오라며 손을 흔들었다. 분식집 뒤뜰로 향하는 문이 열려 있었다.

"밥 안 먹었지?"

"배 안 고파요."

"혼자 먹으려니 밥맛이 없어서 그래. 어여 들어와."

얼핏 보아도 가지런한 마당이었다. 문 안쪽의 작은 화단에 키 작은 꽃들이 올망졸망 피어 있었다. 어둠 속에서도 꽃들이 나를 반겼다. 그저 느낌인지도 몰랐다. 그러나 정작 내 발을 붙잡은 것은 마당 안쪽의 가마솥이었다. 커다란 무쇠솥의 검은 그림자가 내 안의 무언가와 닮은 느낌, 그것이 나를 불러들였다.

그녀가 나를 방으로 안내했다. 이내 동의도 구하지 않고 밥상을 차려 오겠다며 방을 나섰다. 피곤할 테니 좀 누워 있으라는 말까지 덧붙였다. 나는 벽에 등을 기대었다. 이런저런 생각들이 주마등처럼 스쳐 갔다.

아주머니는 미리 상을 차려 두었던 것처럼 금세 들어왔다. 밥과 국에서 김이 폴폴 올라왔다. 그것이 내 마음을 녹여 주었다. 홍합 미역국에 나박김치, 무채와 고추를 넣어 버무린 파래 무침, 구운 가자미 한 마리. 평소에 즐겨 먹던 음식은 찾아볼 수 없었다. 반찬투

정을 일삼던 게 떠오르고 불고기와 소시지가 그리웠다. 하지만 막상 입에 밥이 들어가자 숟가락질을 멈출 수가 없었다. 그야말로 밥맛이 꿀맛이었다. 아주머니는 처음부터 밥 생각이 없었던 듯 숟가락조차 들지 않고 밥그릇을 내 쪽으로 밀어 주었다.

"한 그릇 더 먹어. 국이랑. 한참 먹을 나이에 라면 하나 먹고 얼마나 배가 고팠겠어."

"아니에요. 밥도 주셨잖아요."

"그 정도로 되나. 참, 간이 맞나 모르겠네. 내가 요즘 음식을 짜게 해서 말이야."

고마워서 몸 둘 바를 모르겠는 쪽은 나인데, 아주머니가 오히려 쩔쩔매는 형국이었다. 그러면서 가자미 가시를 발라 도톰한 살을 내 숟가락에 얹어 주었다. 순간, 콧잔등이 시큰해졌다. 고맙다는 말을 하고 싶은데 입을 떼면 눈물이 쏟아질 것만 같았다.

"학생 부모님은 밥 안 먹어도 배부르시겠다."

분식집 홀에서처럼 내가 먹는 것을 지켜보던 아주머니가 얼른 돌아앉았다. 설마 했는데, 눈물을 훔쳤다. 갑작스러운 상황에 나는 어찌할 바를 몰라 숟가락을 내려놓았다. 어느새 아주머니가 보고는 내 손에 숟가락을 쥐여 주었다. 손의 온기가 고스란히 전해졌다.

"괜찮아, 어서 먹어."

내가 다시 밥을 뜨자 아주머니는 꼭꼭 씹어서, 천천히 먹으라고 했다. 빨리 먹으면 아주머니가 서운해할 것 같은 느낌마저 들었다.

이번에는 오래 밥을 씹어 천천히 삼켰다. 아주머니가 흡족해하는 것이 눈에 보였다. 벽에 걸린 사진이 들어온 것은 그때였다. 교복을 입은 여학생이었다. 그러고 보니 아주머니의 흰머리가 많을 뿐, 엄마와 나이가 비슷해 보였다.

딸인지 물어보고 싶었지만 선뜻 입이 떨어지지 않았다.

"아직 잘 데 안 구했으면 여기서 자고 가. 방 주인이 있긴 한데 불편하게 할 사람은 아니니까."

누구인들 어떠랴. 낯선 곳에서 혼자 자는 것보다야 백번 낫지 싶었다. 하지만 더럭 그러겠다고 할 수가 없었다. 내가 머뭇거리자 아주머니가 한사코 나를 붙잡았다. 못 이겨 그러는 척 고개를 끄덕하고는 머쓱한 나머지 다시 사진으로 눈을 돌렸다. 아주머니가 우리 딸이야, 라고 말했다.

"예에."

"참 예쁘지?"

그다지 예쁜 얼굴은 아니라고 생각했지만 나는 그렇다고 대답했다. 아주머니의 얼굴이 상기되었다.

"학생 같은 남자 친구가 있으면 좋으련만."

얼굴이 화끈거리고 나도 모르게 손이 뒷목으로 올라갔다.

"남학생이 부끄럼이 많네."

아주머니가 다시 사진을 올려다보았다. 딸을 대견해하는 눈빛이었다. 나는 사진 속의 여자애가 부러웠다. 부모님이 나를 저런 눈으로 바라봐 준 적이 있었던가. 한 번만이라도 저런 눈길을 받아 보았으면 하는 생각이 스쳐 갔다. 아주머니가 무슨 말을 하려다 말고, 방 주인 거라며 티셔츠를 내려놓았다. 방을 나서던 아주머니가 내 쪽을 돌아보았다. 방을 나서서도 문 닫는 걸 잊은 듯이 한동안 나를 바라보았다. 천천히 먹으라, 고 했을 때의 눈길이었다.

나는 다시 사진을 올려다보았다. 단발머리에 갸름한 얼굴, 꼭 다문 입이 야무져 보였다. 하지만 살짝 처진 눈매가 심성을 대변해 주었다. 아주머니의 딸이라면 마음씨가 고울 수밖에 없을 거라는 생각이 들면서도 어쩐지 사진에서 현실감이 느껴지지 않았다.

몸이 늘어지면서 하품이 연방 나왔다. 눈꺼풀도 무거웠다. 바닥에 등을 대기만 해도 잠이 들어 버릴 것 같았다. 앉아서 버텼지만 결국 몸이 의지를 당해 내지 못했다.

눈을 떴을 때 옆에서 인기척이 느껴졌다.

"무슨 코를 그렇게 고냐? 탱크 지나가는 줄 알았다."

트레이닝이었다.

"사내자식이 그렇게 삐쩍 곯아서 어디다 쓰겠냐?"

헐렁한 티셔츠를 걸친 꼴이 내가 봐도 우스웠다. 주인아주머니가 주어서 입었다고 말하고 싶었다. 그는 변명할 여지를 주지 않고 반바지를 내밀었다.

"아깐 그 길로 돌아갈 것 같더니."

"버스를 놓쳤어요."

"갈 마음이 없었던 게 아니고?"

듣고 보니 그 말이 맞았다. 나는 머무를 마음이 없었던 만큼 떠날 생각도 없었다. 그저 오락가락할 뿐이었다. 하지만 만약 내가 오늘 밤을 이 방에서 묵는다면 방파제에서 그를 만났기 때문일지도 몰랐다.

"등대에 나가 보지 않을래?"

"거긴 왜요?"

밤에 거기서 꼭 무언가를 보아야 한다는 듯이 말하던 게 떠올랐다. 속는 셈 치고 한번 나가 볼까 하는 생각이 들었다.

"뭐가 있어요? 바닷속에서 밤만 되면 출몰하는 괴물이라든지."

마음이 한결 느긋해져서인지 농담까지 나왔다.

"괴물? 음, 괴물일 수도 있겠지. 괴물도 괴물 나름이지만 말이야."

"근데 내일 아침 첫차는 언제 있어요?"

등대에 나갈 생각이 없다는 걸 대신해서 한 말이었다.

"아홉 신데, 그때 나가려고?"

그가 반색하며 물었다. 내가 탈 없이 집으로 돌아갈 거라고 믿어 안심하는 표정이었다. 차 시간을 물어보기 잘했지 싶었다.

그가 자리에 눕는 것을 보고 나도 따라 누웠다. 쉬이 잠이 오지 않았다. 바람이나 쐴 작정으로 슬며시 방을 빠져나왔다.

분식집 홀에 불이 켜져 있었다. 아주머니는 보이지 않고, 가스 테이블마다 놓인 들통에서 물이 끓고 있었다. 주방에서 물이 끓는 것이야 이상할 것도 없었다. 하지만 영업도 끝난, 한밤중이 아닌가.

등대를 향해 가고 있는데 누군가 어깨를 툭 쳤다. 트레이닝이었다. 내심 반가웠지만 일부러 데면데면하게 굴었다.

"어딜 갔나 했더니, 여기 와 있네?"

"절 미행한 거예요?"

"미행? 뭐 그럴 수도 있지."

"전 자살 같은 거 안 해요. 그럴 만한 용기도 없고요."

"척하면 척이지. 내가 그 정도도 모를까 봐. 그러니까 이건 미행이 아니라 동행이라고 해야지."

그 말도 맞지 싶으니 픽 웃음이 나왔다.

"동행이란 말 참 좋지 않냐? 함께 간다는 거 말이야."

동행이 한 사람 더 있다며 그가 손가락으로 앞을 가리켰다. 분식집 아주머니였다. 그녀의 앞으로 들통을 실은 밀차가 보였다.

"근데 저건 왜?"

"누가 아니라냐."

그러나 그의 표정은 그녀의 속내를 안다, 고 말하고 있었다. 내가 가까이 가려고 하자 그가 내 옷자락을 잡았다.

아주머니가 들통의 물을 국자로 떠서 바다에 붓기 시작했다. 여윈 어깨에 단호함이 서린, 그러나 간곡한 몸짓이었다.

"저기서 뭘 하시는 거예요?"

나를 쳐다보지도 않고 트레이닝이 웃음을 지었다. 일부러 뜸을

들이는 것이 역력했다. 한참이 지나서야 그가 입을 열었다.

"그러니까 그게 말이야…."

아주머니는 뜨거운 물로 바다를 덥히는 중이었다. 그것은 아주머니만의 의식이었다.

겨울이라면 몰라도 한여름에 펄펄 끓는 물이라니. 게다가 그녀만의 의식은 또 무엇인가. 아연해하는 나를 보면서 그가 깊은 숨을 내쉬었다.

"이 년 전 봄 그날, 수학여행 떠난 딸이 바다에서 아직 돌아오지 못했거든."

딸이 떠난 그해 여름이었다. 아주머니는 찬물로 샤워를 하다가 심장이 얼어붙는 것처럼 아찔한 순간을 경험했다. 그 뒤로 아주머니는 온수를 쓰지 않았다. 쓸 수가 없었다. 한동안 남편과 함께 진상규명을 위한 집회에도 나가고 유가족 모임에도 나갔다. 진실이 인양되기만 바라며 투사 아닌 투사가 되어 피켓을 들기도 했다. 결국 화병을 얻은 남편마저 잃고는 작년에 아예 이곳으로 내려왔다. 그날부터 줄곧 비가 오나 눈이 오나 밤이면 물을 끓여 바다에 부었다. 한 국자 한 국자, 국자마다 간절한 기원을 담아서. 몇 들통의 물로 바닷물을 데울 수야 없겠지만, 그렇게라도 하지 않고는 견딜 수가 없었다. 얼마 전까지는 장작불을 때서 물을 끓였는데 연기 때문에 민원이 있었다.

벌어진 입이 다물어지지 않았다.

"물이 끓기 시작하면 딸이 당신 곁으로 오는 걸 알 수 있대. 엄마의 직감으로 말이야."

굳이 들통을 들고 다니던 아주머니의 어깨 근육에 이상이 왔다. 밀차를 구해다 준 게 자기라며 그가 어깨를 으쓱했다.

"나도 내일 올라가려고. 일주일 더 있으려고 했는데 마음을 바꿨어. 우리 엄마도 물을 끓이고 있을 것만 같아서. 너는 어떻게 할 거냐?"

"아직 잘 모르겠어요."

"네가 이러고 있는 한 시간이 부모님한테는 한 달이고 일 년일 텐데. 기다린다는 건 그런 거야, 인마."

"…"

나도 모르게 휴대 전화에 손이 갔다.

"표정이 왜 그러냐?"

"뭘요?"

"수도꼭지 열리나 했지. 아님, 말고."

셋이 앞서거니 뒤서거니 하면서 분식집을 향해 걸었다. 말 한 마디 하지 않아도 서로의 숨결이 닿아 있는 걸 느낄 수 있었다. 밀대 위의 빈 들통들이 서로 부딪치며 내는 소리로 인해 밤은 더욱 고적했다.

분식집 주방의 들통에서는 여전히 물이 끓고 있었다. 약속이라도 한 듯이 탁자를 둘러싸고 셋이 앉았다.

이윽고 아주머니가 예의 그 다사로운 미소를 지으며 말문을 열었다.

"처음에는 이 물이 끓는 시간이 백 년도 더 되게 아득하게만 느껴졌단다. 하지만 이제는 아니야. 백 년이라고 해도 긴 시간이 아니지. 우리 딸이 돌아오기만 한다면 말이다."

누군가 아득한 해저에서 깊은 숨을 길어 올리는 소리 같다고나 할까. 사박사박 물을 헤치고 오는 발소리가 들려왔다. 이어서 은희의 목소리가 귓바퀴에 감겨들었다.

찬희야, 우리 노래 부를까?

뜰 앞에 쨍아가 죽었습니다 과꽃 나무 밑에 죽었습니다….

쨍아가 죽어서 꽃으로 피어난 거야.

순간, 보라색 꽃잎들이 화르르 화르르 일어나 먹빛 바다를 뒤덮었다.

작가의 말

2014년 4월 16일 이후, 슬픔이나 애도라는 말마저 어려운, 부끄러운 유보의 시간이 계속되고 있다.

인간이어서 용서가 안 되고 선생이라서 더 분했다. 그리고 작가이기에 쓰지 않으면 안 되었다.

한밤중 '물이 끓는 시간'에 나를 찾아와 준 바다와 바람과 노오란 꽃잎⋯ 그들의 속삭임을 받아 적으면서 작가가 되기를 잘했구나 싶었다.

순정한 말들이 서로 공명하면 저 바다가 끓어 넘치는 날이 오지 않을까. 거짓이 옷을 벗고 죄악이 침몰하는. 그리하여 기어이 진실

이 인양되는. 그날이 너무 늦지 않기를 바란다. 아니, 더 늦어서는
안 될 터이다.

지금 어디선가, 잠들지 못하고 들통에 물을 끓여 바닷물을 덥히
는 심정으로 삶을 견디고 있을 그분들을 생각한다.

우리가 함께한다는 말을 이렇게라도 전할 수 있어서 다행이라고,
스스로 위안을 보댄다.

그리고, 별이 된 우리 아이들에게 뜨거운 안부를 전한다.

잊지 않을게!

흡스골 가는 길

박경희

드디어 칭기즈칸 공항에 도착했다. 엄마가 태어나고 자란 땅에 아빠와 단둘이 왔다는 사실에 울컥했다. 아빠가 하얀 항아리가 든 가방을 든 채, 긴장한 얼굴로 입국 절차를 밟았다. 나는 두리번거리며 주위를 살폈다. 상고머리에 제복을 입고 군인처럼 서 있는 남자와, 나처럼 광대뼈가 두드러진 여자들을 보는 순간, 몽골에 왔다는 게 실감이 났다.

　"오늘은 일단 울란바토르에 들어가서 쉬었다 떠나자. 차도 빌려야 하고 어두워지니까."

　아빠의 피곤한 목소리에 나는 말없이 뒤를 따랐다. 택시 안에서 바라본 울란바토르는 스모그가 가득해서 눈앞이 안 보일 정도였다. 창문 틈으로 들어오는 매캐한 냄새에 목이 아플 지경이었다. 몽골 땅만 밟으면 푸른 초원이 펼쳐질 줄 알았던 상상이 여지없이 깨지는 순간이었다. 택시 운전사와 유창하게 몽골 말로 이야기를 하는 아빠가 영 낯설었다. 늘 내게 아빠는 이방인 같은 존재이긴 했지만.

울란바토르 시내를 벗어나 허름한 호텔에 짐을 푼 아빠는 밤새 독주를 마셨다. 3년 만에 만난 딸 앞에서 할 말도 없겠지만 왠지 나를 피하는 눈치였다. 나 또한 할 말은 많았지만, 지금은 엄마 생각만으로도 머리가 터질 것 같았다.

다음 날 아침 일찍 아빠가 전화로 예약한 차가 도착했다.

"어서 타. 좀 힘들 거다. 흡스골까지 가려면."

나는 아침도 제대로 먹지 못한 채, 어딘가를 향해 가야 하는 게 못마땅하지만 어쩔 수 없었다. 시내를 벗어나 한참을 달렸다. 거리는 황량했다. 어디 가나 스모그로 가득했고, 빈민촌처럼 쓰러져 가는 건물이 즐비했다. 푸른 초원은 언제쯤 보게 될까?

"흡스골은 왜 가는 건대?"

나는 비행기를 타기 전부터 궁금했던 말을 이제야 터트렸다.

"그냥. 아빠가 마지막으로 해 줄 수 있는 게 그거밖에 없는 것 같아서. 네 엄마한테…."

아빠가 침울한 목소리로 말했다. 그러곤 입에 지퍼라도 단 듯 침묵을 지켰다. 나도 무슨 말부터 해야 할지 몰라 창밖만 내다보았다.

"엄마는 유목민으로 살기 싫었어. 종일 초원에서 짐승들만 보고 사는 게 지루하고 답답했지. 그래서 무작정 울란바토르로 나왔던 거야. 한국 사람이 운영하는 공장에 다녔어. 그때 한국이 솔롱고스의 나라라는 것도 알게 되었고. 무조건 한국이 멋져 보이더라. 그러다 아빠를 만나게 되었고."

엄마가 사고가 있기 전에 비밀을 털어놓듯 말했던 기억이 났다. 엄마가 왜 답답해했는지 차창 밖의 풍경을 보며 어렴풋하게나마 알 것 같았다. 도회지적인 엄마와는 거리가 멀어도 너무 먼 풍경이었다.

시내를 벗어난 지 한참이 지났는데 목적지는 아직 먼 듯싶었다. 지난밤 폭음에 잠을 못 잔 아빠가 깜빡 길을 잊은 듯싶다. 자작나무로 가득한 숲이 눈앞에 보일 뿐, 푸른 초원은 나오지 않았다. 나는 산짐승들이 날카로운 이빨을 드러내고 달려들 것 같은 공포감에 온몸을 웅크렸다.

부릉 부르릉.

청갈색 '푸르공'은 거친 돌밭 길을 코뿔소처럼 힘차게 달렸다. 러시아산 푸르공은 보헤미안 아빠가 몽골에 올 때마다 동행하는 사막용 지프라고 한다. 신기하게도 험한 산길도 푸르공이 지나면 그대로가 길이 되었다. 운전대를 잡은 아빠의 얼굴은 여전히 굳어 있다. 그토록 오랫동안 엄마를 방치한 아빠가 이제야 심각한 척하는 것이 영 못마땅하다.

"수없이 이 길을 다녔는데 도대체 어딘지 분간이 안 되네. 귀신이 곡할 노릇…."

아빠는 연신 백미러로 나를 흘끔거리며 혼자 중얼거렸다. 나는 아빠의 눈길을 피해 창밖을 응시했다. 아빠와 눈이 마주치면 가슴 깊이 쌓인 분노가 폭포수처럼 터져 버릴 것 같다.

'아빠는 엄마만 버린 게 아니야. 나도 버린 거였어. 집착증에 빠진 엄마는 눈만 뜨면 아빠를 찾느라 나는 안중에도 없고. 걸핏하면 손목이나 긋고. 그런 엄마를 두고 도망간 아빠. 절대 용서할 수 없어.'

꽁지머리에 털북숭이가 되어 나타난 아빠를 보는 순간부터 입가에 맴돌던 말이다. 아니 오랜 세월 가슴에 앙금처럼 남아 있던 말이지만 참았다.

"엄마의 유골이라도 흡스골에 가 보내고 싶다."

장사 지낸 지 한 달 만에 겨우 찾아온 아빠가 느닷없이 한 말이다. 나는 얼떨결에 아빠의 말에 따르고 말았다. 한편으로는 엄마가 태어난 나라에 가 보고 싶기도 했다. 그런데 길을 잃고 헤매다니. 나는 눈을 돌려 트렁크를 바라보았다. 하얀 항아리 속에 한 줌의 재로 변한 엄마가 들어 있다는 게 믿어지지 않았다. 지금도 엄마의 고질병이 도져 나를 시험하는 것만 같았다.

한 달 전 새벽이었다. 화장실에 가려다 말고 나는 고함을 질렀다. 엄마가 입에 비누 거품 같은 것을 잔뜩 내뿜은 채, 고통스런 얼굴로 나를 쳐다보았다.

"엄마… 엄마… 왜 그래? 정신 차려…."

엄마의 손목 근처로 피가 흥건했다. 엄마의 손목은 차고 빳빳했다. 가슴이 벌렁거려서 어찌해야 할지 몰라 서성거렸다. 3년 전 아빠가 있을 때도 엄마는 수시로 동맥을 끊었었다. 그 후로도 엄마는 몇 번 더 자해를 시도했다.

내가 잠들기를 기다렸다 손목에 예리한 칼을 댔던 것 같다. 하얀

면 티셔츠 위에 붉게 물든 붉은 꽃잎이 많은 걸 보면, 시간이 꽤 지난 듯싶었다. 엄마가 사투를 벌이는 시간에 나는 아무것도 모른 채 깊은 잠에 들었다니. 그런 내가 너무도 미웠다. 아니 두려웠다. 온몸이 부들부들 떨려 응급조치를 할 생각조차 떠오르지 않았다.

아. 빠.

가장 먼저 떠오르는 얼굴은 밉고 원망스럽지만 아빠밖에 없었다. 기대 없이 전화를 걸었다. 몇 번 울리곤 끊어지는 전화기를 내려놓은 뒤, 비통한 맘으로 컴퓨터를 켰다. 아빠의 유일한 연락처인 메일에 글을 남겼다. 손이 떨려 자판기를 제대로 두드릴 수조차 없었다.

-엄. 마. 가 손. 목. 에. 또. 칼. 을. 댔. 어. 아. 빠. 무. 서. 워. 꼭. 돌. 아. 와. 줘.

아빠는 감감무소식이었다. 주위의 도움으로 간간히 장례를 치루고 납골당에 엄마를 안치 시킨 뒤에나 아빠가 찾아온 것이다.

꼬르륵. 끄리. 럭.

배에서 괴상한 소리가 들렸다.

새벽에 울란바토르를 떠난 뒤 아무것도 먹질 못해 허기가 졌다. 우선 목이라도 축이고 싶은데 차 안에는 아무것도 없었다. 그제야 아빠가 상황을 파악했는지 미안한 얼굴로 말했다.

"배고프지? 여긴 아무래도 음식점이 없을 것 같으니까…. 체체를 렉까지 나갔다 와야겠다."

아빠는 이 지역을 잘 아는 듯 능숙한 자세로 비포장도로를 달렸다. 푸르공이 지나간 자리에는 뿌연 먼지가 흩날렸다. 나도 먼지 속으로 사라지고 싶었다. 간간히 하얀 버섯을 엎어 놓은 듯한 게르가 보이긴 하지만 망망대해나 다름없는 마을이었다. 어느 정도 달리자 허름한 음식점이 보였다. 차를 세워 놓고 음식점으로 들어가려는데 사람이 보이지 않았다. 아빠는 술이 덜 깬 목소리로 주인을 불렀다. 잠시 후 뚱뚱한 아줌마가 나와 수태차부터 권했다. 몽골 사람들은 길 위의 손님에게 친절을 베푸는 것을 신앙처럼 여기는 것 같았다. 칼칼한 목에 뜨거운 차를 마시니 살 것 같았다. 엄마가 가끔 만들어 주던 수태차보다 훨씬 고소하고 진했다. 수태차를 단숨에 마신 아빠가 의자에 앉으며 물었다.

"아무거나 한 그릇씩 주쇼!"

아빠의 말에, 몽골 아줌마는 곤란한 표정을 지었다.

"장사가 안 돼서 음식 준비를 못 했습니다. 이거라도 드시고 딴 데 가 보세요. 관광지가 아니라 이 동네에서는 음식점 만나기 쉽지 않을 겁니다."

아줌마는 미안하다는 듯 앞치마에서 아롤을 한 움큼 꺼내어 식탁 위에 올려놓았다. 우유와 마른 나뭇잎을 끓여 만든 아롤은 엄마가 좋아하는 간식이었다. 딱딱하고 시큼한 맛이 나는 걸 엄마는 멍한 얼굴로 앉아 하염없이 빨곤 했다. (엄마는 솔롱고스의 나라를 동경해 한국에 살면서도 늘 몽골의 음식을 찾았다. 남대문 외국인 시장에 나가 몽골 음식재료들을 사다 놓고 먹으며 내게도 권하곤 했다. 그렇다고 딱히 고향을 그리워하는 것 같지는 않았다.)

"어둡기 전에 얼른 떠나자."

아롤을 말없이 씹던 아빠가 재촉하듯 말했다. 늘 당신 맘대로 하는 아빠의 버릇은 여전했다. 나는 아롤을 입에 넣다 말고 아빠의 뒤를 따랐다. 몽골 아줌마가 물끄러미 서서 우리를 쳐다보았다. 나는 아롤을 듬뿍 준 아줌마에게 미안한 마음을 대신해서 보이지 않을 때까지 손을 흔들었다. 정처 없이 떠돌아다니는 게 일이라면서 떠나기 전 과자 부스러기조차 준비 없이 날 태운 아빠가 원망스러웠다. 길가에 세워 놓은 차 위에 붉은 노을이 내려와 앉았다. 갑자기 가슴에서 바람 소리가 났다. 아빠에 대한 불신으로 괴로워하던 엄마 생각이 나 트렁크를 열었다. 하얀 보자기에 싸인 엄마의 항아리를 보자 울컥 목젖이 아파 왔다. 엄마 냄새라도 맡고 싶어 보자기에 얼굴을 살며시 댔다. 목숨을 걸 만큼 엄마에게 절절했던 것은 무엇일까?

"어서 타. 어둡기 전에 게르를 찾아야 해! 이곳 항가이 산맥은 험한 곳이라 위험해. 밤에는 기온이 내려가기 때문에 야영도 힘들고. 비상식량 준비도 못 했고, 타이어도 여분이 없고…. 암튼 걱정이다."

아빠답지 않게 초조한 얼굴로 말했다. 아빠는 고비 사막은 물론 네팔 히말라야 등 트래킹 가이드를 하며 다져진 몸이라 운동선수처럼 단단하다. 그런 아빠가 어둠 따위를 두려워하다니. 알 수 없는 일이다.

푸르공은 거친 야생마처럼 돌밭을 달렸다.

"게르를 찾아야 해!"

운전대를 잡은 아빠는 명령이라도 하듯 외쳤다. 자동차가 세게 달리느라 덜컹거려 엉덩이도 아프고 온몸이 욱신거렸다. 어느 정도 지나자 숲은 사라지고 가까운 곳에 야트막하면서도 중후한 산이 보였다. 하지만 유목민이 사는 게르는 보이지 않았다. 시나브로 땅거미가 지기 시작했다. 광야 같은 사막에서 맞는 어둠은 상상했던 것보다 공포스러웠다. 캄캄한 수렁 속으로 빠지는 느낌이랄까. 나도 모르게 운전대를 잡은 아빠를 향해 소리 질렀다.

"그러게 엄마 그냥 납골당에 보관하면 됐잖아! 꼭 이렇게 아빠 식대로 해야 해? 엄마가 홉스골에 묻어 달라고 했어? 아빠는 뭐든 자기 맘대로야."

나의 악다구니를 못 들은 척, 아빠는 앞만 보고 운전을 했다. 곤란한 상황만 되면 침묵으로 일관하는 아빠에게 돌직구를 날렸다. 아빠는 엄마와 부딪칠 때도 침묵으로 일관하다 홀연히 사라지곤 했다. 아무리 근육질 몸매에 당당한 척 으스대도 내게 아빠는 도망자에 불과하다. 엄마도 내게 버겁고 짐스런 존재이긴 마찬가지였지만.

"엄마는…. 엄마는…. 늘…. 아빠를 찾았다고…. 내가 자다가 깨어 보면 엄마는 아빠 방에서 혼자 흐느껴 울 때도 많았고. 그런데 아빠는 엄마나 내가 필요할 때는 늘 부재중이었어."

아빠가 가만히 있자 내 안에 고여 있던 원망들이 봇물 터지듯 마구 튀어나왔다.

"아빠가 사라진 뒤 엄마가 소동을 벌일 때마다 뒷수습을 하며 죽고 싶었어. 응급차 요원들이 엄마가 몽골 사람이라는 걸 알면… 얼마나 외계인 취급을 했는지 알아? 그런데 마지막까지도 이렇게 힘들게 하냐고?"

그동안 가슴 깊이 도사리던 설움을 모두 토해 냈다. 그래야 아빠가 나만 놔두고 사라지지 않을 것 같았다.

"넌, 아빠 마음 절대 이해 못 할 거다. 아빠도 가정을 지키고 싶었어. 근데 희야, 지금은 게르를 찾는 게 우선이야. 이야기는 나중에 하자."

아빠가 무슨 말인가 하려다 말고 멈췄다. 아빠의 목소리가 젖어 들고 있다는 걸 알았지만 모른 척했다. 사방이 먹물을 들인 듯 캄캄했다. 낮에는 따사롭던 날씨가 밤이 되자 영하로 내려간 듯 싸늘했다. 푸르공도 갑자기 노인처럼 천천히 몸을 움직였다. 아빠는 헤드라이트를 켠 채 달렸다. 나도 불빛을 따라 사방을 두리번거렸다. 그런데 이게 웬일! 어둠속에서 희미하나마 환한 불빛이 보였다. 처음에는 별빛이 아닌가 의심스러웠다. 아빠도 나와 같은 순간에 불빛을 발견한 듯 소리를 질렀다.

"게르다! 어서 가자. 저 게르가 여기서는 가까워 보이지만 상당히 먼 곳이야."

아빠의 말이 믿어지지 않았다. 희미하긴 하지만 엎어지면 코 닿을 곳에서 나오는 불빛이라는 확신이 들었다. 아빠가 자꾸만 나에게 겁을 주려는 것 같아 은근히 화가 났다.

"좀 더 속력을 내 봐. 아빠."

"사막을 달리는 건 인내가 필요해. 급하다고 서두르면 안 돼."

"아빠 가이드 맞아? 흡스골 가는 길도 제대로 모르면서."

나는 엄마처럼 잔소리를 해 대기 시작했다. 배도 고프고 밤기운에 춥기도 하면서 사방으로 욱여쌈을 당하자 입에서 불평불만이 개구리처럼 톡 튀어나오는 걸 어쩌란 말인가!

"사막은 달린다고 해서 빨리 가는 게 아냐. 인내가 절대적으로 필요한 공간이지. 가다 보면 길은 나오게 되어 있어."

아빠는 늘 이런 식이었다. 도사처럼 개똥철학 비슷한 말을 자주 했다. 궤변이 더 이어질까 봐 나는 헤드라이트가 비치는 곳만 뚫어지게 바라보았다. 앗, 그런데 조금 전까지 분명 보이던 게르가 보이지 않았다. 두리번거리며 찾았지만 허사였다. 정말 귀신에 홀린 것 같았다.

"게르가 안 보여! 아빠."

"침착해. 여기가 구릉이라 그래. 조금 더 가면 다시 불빛이 나타날 거야."

아빠는 애써 침착한 척 목소리에 힘을 주었다. 무거운 침묵이 좁은 차 안에 흘렀다. 아빠가 어디선가 찾은 물로 목을 축이지만 먼지 등으로 이미 목이 갈라진 뒤라 따끔거렸다.

부르릉. 끼익-.

어둠 속에서 들려오는 푸르공 소리가 예사롭지 않았다. 아빠의 옆얼굴이 석고처럼 굳어 갔다. 급기야 푸르공이 꼼짝을 않고 길 위에 서고 말았다. 아빠가 식은땀을 흘리며 시동을 걸어 보지만 소용없었다. 게르도 보이지 않고 푸르른 창공을 날 것처럼 씩씩하던 푸르공이 졸지에 병들고 말다니! 나는 겁이 난다기보다는 이 모든 상황으로 몰고 온 아빠에게 화가 치밀었다.

"아빠. 이제 어떡해? 돌아갈 수도 없잖아."

"좀 차분할 수 없니? 너도 엄마처럼 욱하는 성질 때문에 큰일이다. 걱정 많이 안 해도 돼. 잠시 길을 잃었을 뿐이라고. 오늘 따라 GPS도 빠트리고 와서 방향을 못 잡은 거지. 아빠는 혼자 자동차 수리도 하면서 다녔으니까… 걱정 말고 조금만 기다려."

나는 아빠가 엄마를 무시하는 것 같아 뿔이 났다.

"왜 엄마를 그렇게 말해? 아빠가 늘 엄마를 힘들게 했잖아."

"넌 내가 무슨 말을 해도 믿지 않을 테지. 아빠는 속이 편해서 집 나와 혼자 사막을 돌아쳤는 줄 아냐? 아빠도 엄마랑 잘 살고 싶었어. 너만 힘든 게 아니라 아빠도 죽을 만큼 힘들었다고."

아빠가 처음으로 나의 얼굴을 정면으로 바라보며 소리쳤다. 아빠의 벌겋게 변한 눈이 무서웠다. 내가 움찔거리며 고개를 숙이자 아빠가 푸르공에 다시 시동을 걸었다. 여전히 꼼짝도 않았다. 무작정 아빠를 따라온 것이 후회되었다. 다시 돌아갈 수도 그렇다고 어딘지도 모르면서 무작정 밤길을 걸어갈 수도 없었다. 어디로 가야 게르를 만날지 막막했다. 더군다나 밤이 깊어지자 너무도 추웠다. 허기가 지다 못해 뱃가죽이 등에 붙은 것 같았다. 아사 직전이었다.

아빠는 손전등을 비추며 푸르공의 보닛을 열고 살폈다. 아빠의 얼굴이 헝클어진 보닛 안의 부품들처럼 일그러졌다. 사막 횡단이 직업인 아빠의 얼굴이 저 정도면 심각한 정도가 아닐까 싶었다. 이러다 사막 속에 잠긴 꼴이 될 것 같아 불안했다.

휴, 나는 온몸을 떨며 손을 비비다 말고 무심히 하늘을 올려다보았다.

"까악!"

나도 모르게 소리를 지르고 말았다. 밤하늘에 별들이 총총히 빛나고 있었다. 검은 하늘에 하얀 소금을 뿌려 놓은 것 같기도 하고 반짝이로 도배를 한 것 같기도 했다. 빌딩 숲에 갇힌 서울에서는 절대 볼 수 없는 풍경이었다. 반짝이는 별들이 손을 뻗치면 와르르 쏟아져 내릴 것처럼 가깝게 느껴졌다. 손에 연장을 쥐고 여기저기를 만지던 아빠가 물끄러미 서서 나를 바라보며 말했다.

"밤하늘의 별을 좋아하는 것도 지 엄마와 똑같군."

아빠는 푸르공을 포기한 듯 기름때 묻은 장갑을 벗으며, 독백하듯 읊조렸다. 갑자기 별빛에 취해 들뜬 기분이 싸해지는 느낌이었다.

"딸이 엄마 닮는 건 당연한 거 아냐? 무책임한 아빠를 닮는 것보다는 낫지."

아빠의 눈빛이 흔들렸다. 아빠의 부드러운 독백 앞에 찬물을 끼얹는 듯한 나의 말에 아빠가 단단히 화가 났다는 것이 어둠 속에서도 보였다.

"난 너나 엄마를 버린 적이 없어. 오히려…. 네 엄마가 날 구렁 속으로 떠민 거지."

"난, 경계인으로 태어난 것이 힘든 게 아니라, 엄마 아빠 사이에서 정말 힘들었어. 차라리 태어나지 않았으면 좋겠다는 생각이 들 때가 많았다고. 특히 엄마가 발작을 할 때마다. 도망간 아빠가 정말 원망스러웠어. 어떻게 모든 짐을 내게 맡기고 갈 수 있었냐고?"

내가 당돌하게 대들자, 아빠가 내 말에 곤혹스러운지 담배를 꺼내 피웠다. 깊은 사막에서 맡는 담배 냄새가 좋았다. 그 향이 너무 강렬해서 하마터면 아빠에게 나도 한 번 피워 보고 싶다고 말할 뻔했다. 실은 어려서부터 담배를 피우는 아빠가 고독해 보여서 좋았다. 아빠가 원망스러우면서도 결코 미워할 수 없는 모습이었다.

밤새 아빠와 싸우며 보낼 수는 없어, 나는 푸르공 주위를 한 바퀴 돌았다. 트렁크 쪽으로 발길이 닿자 엄마가 마치 나의 손을 잡는 것처럼 느껴졌다. 나도 모르게 목울대가 출렁댔다. 다시 밤하늘을 보았다. 아빠가 늘 갖고 다니는 텐트만 치면 그런대로 별을 동무 삼아 하룻밤쯤 야영을 해도 나쁘지 않을 것 같았다.

그때였다. 어디선가 웅성거리는 소리가 들렸다. 몽골 사람 특유의 구수하면서도 악센트가 강한 말투였다. 내게는 복잡하면서도 어려운 한국말보다 더 익숙한 말이라 구원의 메시지처럼 들렸다. 아빠는 벌떡 일어나 사람들의 웅성거리는 쪽을 향해 저벅저벅 걸어갔다. 나도 아빠의 뒤를 따랐다. 사막의 구릉 너머에 서너 명의 남자들이 모여 있었다. 산악 오토바이를 아무렇게나 던져 놓은 채 보드카를 통째로 들이마시며 낄낄댔다. 온몸에 불량기가 철철 넘쳐 났다. 유목민 중에도 산 도적이 있다는 말은 들었지만 황당하기 그지없었다. 무리 중에 가장 우두머리인 듯 험상궂게 생긴 남자가, 나를 뚫어지게 바라보며 횡설수설 떠들었다. 아빠는 그래도 침착한 모습으로 인사를 건넸다.

"셈 베노. 셈 베노."

다음 말을 꺼내려는 아빠의 말을 막고 사내들이 삿대질을 해 대기 시작했다.

"입 닥쳐! 이 신성한 땅에 웬 이방인이 분탕질이야? 어디서 온 떨거지들?"

키 큰 남자의 말이 떨어지기 무섭게 술에 취한 다른 유목민들이 아빠를 칠 태세로 달려들었다. 아빠의 얼굴이 벌겋게 달아올랐다. 순식간에 일어난 일이라 나는 온몸이 떨렸다. 하지만 발만 동동 구를 뿐 아무것도 할 수 없었다. 아빠가 내 손에 손전등을 쥐여 주며 소리쳤다.

"희야, 얼른 도망쳐. 아빠가 곧 따라갈 테니까."

그때 유목민이 보드카병으로 아빠의 뒤통수를 내리쳤다. 아빠는 민첩하게 피한 뒤, 술주정뱅이의 손을 잡아 비틀었다. 그러곤 워커 발로 사정없이 유목민을 차 버렸다. 아빠의 근육질이 제대로 힘을 발휘하는 순간이었다. 처음에는 결사적으로 달려들던 남자가 술이 취해서인지 힘을 못 썼다. 우두머리가 휘청거리자, 다른 무리들이 떼로 몰려들었다. 나는 아빠가 잘못될까 몹시 걱정되었다. 하지만 아빠의 건장한 키와 탄탄한 몸매에 이글거리는 눈빛만으로도 패거리들은 이미 주눅이 든 것 같았다. 아빠가 길가에 세워 놓은 오토바이 한 대를 들어 팽개쳤다. 박살을 냈다. 잠시 와글와글 떠들던 무리들이 도망을 치려 오토바이에 올라탔다. 순간 내 몸의 긴장도 봄눈 녹듯 사라졌다.

부르릉. 부릉.

오토바이들이 줄행랑을 치자, 손을 부비며 아빠가 혼잣말로 중얼거렸다.

"말세다. 말세. 그토록 순진무구하던 유목민들이 깡패들로 변하고. 쯧쯧⋯."

아빠는 다시 푸르공 여기저기를 살핀 다음, 포기한 듯 전화를 걸었다. 통화 내용으로 보아 자동차 정비 업소에 거는 것 같았다. 깊은 사막에서도 통화가 된다는 게 신기하기도 하고 고맙기도 해 전화통을 붙잡고 있는 아빠를 한참 쳐다보았다.

"울란바토르에서 여기까지 오려면 1004킬로미터나 되는데⋯. 어쩌지?"

아빠가 난감한 표정으로 말했다. 좀 전에 멋지게 산 도적들을 물리친 덕분에 아빠에게 주었던 점수가 순식간에 와르르 무너져 내렸다.

"꼭 홉스골까지 가야 하는 거야? 그러게 왜 엄마를 이 멀리까지 데리고 오는 거냐고."

나도 모르게 또 까칠하게 굴었다.

"푸르공은 다른 정비 업체에서 고칠 수 없으니까 그렇지. 내일 전문 수리 업체가 온다니까… 기다려 보자. 그나저나 오늘 밤을 어쩐다… 좀 힘들어도 차를 여기다 놓고 게르를 찾아보자. 아까 불빛이 보였으니 아마 곧 나올 거야."

아빠는 내게 묻지도 않고 앞서서 성큼성큼 걸어갔다. 정말 입술이 갈라질 정도로 고달프고 배도 고프고 짜증이 나서 미칠 것만 같았다. 할 수 없이 애꿎은 바닥을 탁탁 발로 치며 아빠의 뒤를 따랐다.

"보인다. 저기 하얀 지붕 보이지?"

아빠의 목소리 톤이 한껏 높았다. 바로 코앞에 하얀 우산을 세워 놓은 듯한 집들이 보였다. 나는 눈을 비비며 확인했다. 분명 집 한 채가 오롯이 눈앞에 서 있었다. 신기했다. 그토록 안 보이던 게르가 갑자기 눈앞에 나타나다니. 어딘가 숨어 있던 마법사에 홀린 건가 싶어 두리번거렸다. 아무튼 다행이었다. 하지만 이 깊은 밤에 게르 안으로 들어간다는 건 또 다른 모험이었다. 나는 쭈뼛거리며 게르 안을 들여다보았다. 문이 꽉 닫힌 모습이 마치 우리를 거부하는 것 같아 주춤 한 걸음 뒤로 물러났다.

하지만 아빠는 자연스럽게 게르 안으로 들어가 도움을 청했다. 역시 아빠는 보헤미안다워 보였다. 문을 열자 유목민 특유의 냄새가 우리를 반겼다. 게르에는 할아버지 한 분과 할머니 그리고 목동으로 보이는 소년이 잠을 자고 있었다. 그들은 깊은 잠에 빠졌던지 멍한 눈으로 우리를 바라보았다. 나는 죄인처럼 고개를 숙이고 아무 말도 못 했다. 아빠는 그 와중에도 자동차 사고에서부터 도적을 만난 이야기 등을 유창한 몽골어로 마구 늘어놓았다. 나와 아빠의 얼굴을 바라보던 할머니는 옅은 미소를 지으며 수태차를 권했다. 그러곤 한 귀퉁이 밥상 위에 놓아둔 보츠가 담긴 접시를 내놓았다. 속에 고기가 가득 담긴 보츠를 보자 나도 모르게 침을 꿀꺽 삼켰다. 엄마가 권하던 몽골 음식 중에 가장 내 입맛에 맞는 것이라 반가웠다.

"우리 식구가 저녁에 먹던 건데…. 이거라도 요기를 좀 하고 자요."

늦은 밤에 찾아온 이방인에게 이토록 친절하게 대하다니. 놀랍고 경이로웠다. 나 같으면 귀찮다고 쫓아 버렸을 텐데 말이다.

"아까 만난 원주민들은 특별한 경우고. 진짜 원주민들은 외부 손님에게 대접을 잘하는 것을 자신들의 신에게 공덕을 쌓는 거라고 생각한단다. 여기 풍습이 그래. 어떤 경우이든 손님을 귀찮게 여기지 않는 거. 이제 요기도 했으니 얼른 아무데나 누워서 자. 이분들도 자야 하니까. 여기 사람들은 일찍 일어나 양이나 염소 몰고 나가거든."

아빠는 자신이 유목민이라도 되는 듯 나에게 조목조목 설명했다. 우리 말을 들은 할머니가 하품을 하느라 흘린 눈물을 닦으며 웃었다. 참 푸근하면서도 천진스런 미소였다.

아빠는 워커를 신은 채, 게르 바닥에 머리를 대자마자 곯아떨어졌다. 난 물먹은 솜처럼 몸은 무겁고 피곤한데 잠이 오지 않았다. 조용히 게르 밖으로 나왔다. 와르르. 밤하늘의 별들이 기다렸다는 듯 내게 다가왔다. 이토록 가까이서 별들의 환영을 받다니. 그중에 유난히 반짝이는 별이 엄마의 슬픈 눈빛을 닮은 것 같아 애잔했다. 스륵스륵. 새벽이슬이 푸른 초원 위에 내리는 소리가 들렸다. 곧 이어 저 멀리서 붉게 동이 터 올랐다. 그나저나 홉스골은 얼마나 더 가야 하는 걸까.

울란바토르에서 자동차 정비사가 와 푸르공을 완전 해체하다시피 뜯어고쳤다. 게르에 살던 목동 아이는 종일 신기한 듯 일 나갈 생각은 않고 우리 주위를 맴돌았다. 간혹 내게 아롤을 건네면서. 덕분에 수리하는 시간이 지루하지 않았다.

"푸르공이 다시 청년이 되었네. 러시아산이라 이 정도면 새 차나 다름없어. 어서 타. 얼마 남지 않았으니까. 인사드리고."

아빠가 푸르공보다 더 청년 같은 모습으로 내게 말했다.

"바야르 태! 탈라르 홀라."

고개 숙여 인사하는 내 손을 유목민 할머니가 꼭 잡아 주었다.

순간, 한 번도 본 적이 없는 외할머니 생각이 났다.

"엄마가 아빠 만나던 해 겨울이었어. 초원은 겨울이 일찍 오고 추우면 엄청나거든. 할머니 할아버지가 영하 50도까지 내려가는 혹한에 돌아가셨다는 말을 듣고 죄책감이 들었어. 기르던 가축들도 얼마 안 남고 죽을 정도로 추운 게르에서 얼마나 고생하셨을까? 혼자 살겠다고 도시로 나온 내가 원망스러웠어."

엄마는 이 말을 하며 하얀 소주를 입안 가득 털어 넣곤 했다. 아빠가 떠난 후로는 부쩍 더 게르에서 살던 이야기를 많이 했다. 그러면서 엄마의 우울증은 깊어 갔다.

"내 곁에는 아무도 없어. 내가 그토록 오고 싶은 나라에 왔지만 소용없게 되었어. 네 아빠는 엄마가 싫다고 떠나고. 희야 너밖에 없어. 너는 엄마 안 떠날 거지?"

엄마의 넋두리는 끝이 없었다. 그러다 견딜 수 없을 만큼 힘들면 자해를 하곤 했다.

"가자!"

아빠의 둔탁한 목소리가 나를 생각의 그물에서 벗어나게 했다. 내가 자동차에 오르자 목동이 내게 손을 내밀었다. 손이 몹시 거칠었다. 목동이 아련한 눈빛으로 나를 바라보았다. 종일 친구 없이 일만 하는 소년에게 왠지 동질감이 느껴졌다. 심연 깊은 곳의 외로움이었다. 엄마도 어렸을 때는 저렇게 살았을 것 같다는 생각이 들었다.

"무슨 생각이 그리 많냐? 새벽까지 잠도 안 자는 것 같던데…"

아무것도 모르고 깊은 잠에 빠진 줄 알았는데. 아빠는 자면서도 나를 지켜본 것 같다. 왠지 온몸이 스멀거린다. 이럴 땐 침묵이 최고다.

항가이 산맥 입구의 험한 돌밭 길과는 달리 지금 눈앞에는 푸른 초원이 한없이 펼쳐졌다. 간간이 보이는 게르와 유유히 풀을 뜯는 양과 염소들이 평화의 전령처럼 보였다. 거친 돌밭을 달릴 때는 야생마 같던 푸르공도 초원에서는 나비처럼 가볍게 달렸다.

흡스골을 향해 달리는 내내 '어워'가 보일 때마다 아빠는 자동차를 세웠다. 그러곤 얼룩덜룩 붉은 깃발을 꽂은 돌탑 주위를 양손을 모은 채 돌며 중얼거렸다. 거기다 자동차 깊숙이 감춰 놓은 마두금을 꺼내 '흐미'를 불렀다. 마두금 소리는 메마른 말의 감성을 자극해서 다른 말의 새끼에게 젖을 먹일 정도로 구슬픈 소리라는 말은 들었지만, 아빠가 직접 부르는 소리는 처음이었다. 흐미는 듣는 내내 구성졌다. 가슴을 온통 눈물로 적시는 것 같았다. 아빠는 흐미를 부른 뒤 일어나 양손을 모으고 어워를 한 바퀴 돌았다. 경건한 의식을 취하는 것처럼 보였다.

"너도 저 위에 돌 하나씩 올려놓고 엄마를 위해 빌어 봐. 어워는 한국의 성황당과 같은 곳이지. 자연 앞에 안녕을 비는 건 어딜 가나 마찬가지야."

나는 어워의 돌탑 위에 꽂아 놓은 붉은 깃발을 바라보며 무심히 돌았다. 신을 향한 간구가 아니라, 엄마의 얼굴을 떠올리며, 죽음이라는 보이지 않는 실체에 대해 생각했다. 엄마가 이 세상 사람이 아니라는 것이 실감 나지 않았다. 보이지는 않지만 엄마는 지금도 나와 함께 이 길을 걷고 있는 것 같았다.

'엄마. 미안해. 끝까지 엄마를 지켜 주지 못해서.'

다시 푸르공이 바다 위를 달리는 배처럼 푸른 초원을 달렸다. 네 개의 어워에 돌탑을 쌓은 뒤에 비로소 눈앞에 하얀 산이 나타났다. 보는 것만으로도 마음에 강한 파랑이 일렁일 정도로 웅장한 산이었다.

"화산의 잔재로 남은 산이야. 몽골 사람들은 이 하얀 산에 수많은 신들이 산다고 믿지. 홉스골 호수를 지켜 주는 산이기도 하고. 너희 엄마도 저 산을 좋아했지. 엄마와 처음 이곳을 찾던 일이 떠오르는구나… 이렇게 허무하게 끝날 줄은 정말 몰랐다."

아빠는 말을 맺지 못하고 하얀 산을 아련한 눈으로 쳐다보았다. 뭔가 사연이 있는 것 같았지만 선뜻 이야기를 해 달라고 할 수도 없었다.

갑자기 눈앞에 신세계가 펼쳐졌다. 지금까지 한 번도 본 적이 없는 푸르른 바다 같은 호수였다. 산을 넘고 초원을 지난 자리에 이토록 거대한 호수가 있으리라고는 상상도 못했다. 심장까지 비출 것 같이 맑은 물속엔 커다란 물고기들이 유유히 헤엄을 치고 있었다. 아름답다는 말은 너무 식상한 표현이다. 누군가 나를 위해 마법사를 보낸 게 아닌가 싶을 정도로 신비롭고 아름다운 풍경이 영화처럼 펼쳐졌다.

"여기가 바로 홉스골이다. 바다 같지만 호수야. 제주도의 8배나 되는 물길이라니. 놀랍지. 이 물줄기가 바이칼 호수로 흘러들어 가는 거고. 그나저나 빨리 저 언덕 위의 게르로… 가야… 해."

아빠는 손님에게 설명하듯 내게 말하면서도 이상하게 허둥댔다. 성난 사자처럼 마구 운전을 하는가 하면, 얼굴색까지 붉어졌다. 뭔가 큰일을 낼 사람처럼 온몸에 긴장감이 맴돌았다. 엄마가 손목에 칼을 댈 때마다 보이던 아빠의 모습이었다.

아빠는 고객들과 사막이나 네팔 현지 등으로 트래킹을 떠나, 집에 있는 날보다는 길 위에 있을 때가 더 많았다. 개인이나 단체의 트래킹 손님들과 배낭 꾸려 들고 깊은 오지를 트래킹하는 직업이라 집에는 손님처럼 들르곤 했다. 나는 아빠가 배낭을 싸며 떠날 준비를 하면 또 떠날 때가 되었나 보다 했다. 나는 본능적으로 아빠는 떠나기 위해 머무는 사람이라는 걸 감지했기 때문이다. 엄마는 달랐다. 엄마는 늘 새로운 사람들을 만나는 아빠의 직업에 극도로 예민했다. 내가 보기에 아빠가 곁에 없는 걸 병적으로 싫어했다. 엄마는 떼쓰는 아이처럼 아무 때나 아빠에게 감정을 드러냈다. 그럴 때마다 집안은 전쟁터가 되었다.

아빠는 일을 마치면 초죽음이 될 정도로 지쳐서 돌아올 때가 많았다. 나는 아빠가 너무 고단해 보여 눈인사만 살짝 건네고 내 방으로 들어오곤 했다. 하지만 엄마는 그런 아빠를 그냥 놔두지 않았다.

"이번에 온 한국 손님들 중에도 여자가 많았지? 그 여자들하고는 잘 지냈을 거면서 왜 집에만 오면 아무 말도 안 하는 거야? 나랑 백화점에 가서 화장품이며 옷도 사 준다고 했잖아. 내가 독수공방하려고 서울에 온 줄 알아? 난 누구보다 화려하게 살고 싶다고. 당신이 그렇게 살게 해 준다고 했잖아. 당신은 나가서 손님들과 즐기면서 난 뭐냐고?"

엄마는 두서없이 마구 따지듯 대들었다. 엄마는 실제로 화려한 편이었다. 순박하게 생긴 얼굴과는 달리 강렬한 색상의 옷이나 액세서리를 좋아했다. 거기다 화장품은 꼭 백화점에서 파는 명품을 썼다.

"난 당신이 초원에서 살았으니 나처럼 자연을 좋아하는 사람인 줄 알았어. 달라도 너무 달라. 당신은 만족이 없어."

"난 한국 남자인 당신과 살면 화려하게 살 줄 알았어. 초원 생활이 지긋지긋해서 도망쳤더니… 날 독수공방하게 만들잖아. 당신이… 일이 없는 날에도 혼자 배낭 메고 휘휘 돌아다니기나 하고. 나는 어디에 마음을 두고 살아야 되냐고. 도대체."

아빠와 엄마의 싸움은 강도의 차이일 뿐 늘 똑같은 레퍼토리였다. 내가 말을 알아듣는 순간부터 시작된 일이라, 나는 엄마, 아빠의 싸움을 보는 게 일상처럼 느껴졌다. 하지만 철들면서부터 알았다. 두 사람은 정말 맞지 않는 레일 위를 달리고 있다는 것을. 엄마는 아빠라는 거대한 산 앞에 끊임없이 '사랑'을 구걸하고, 아빠는 점점 더 지쳐 갔다. 그러다 아빠가 네팔이나 고비 사막 깊이 들어가고 나면 엄마는 거의 정신을 놓았다. 낮이고 밤이고 아빠의 컴퓨터가 있는 방에 들어가 종일 뭔가를 추적했다. 보름이고 한 달이고 일을 마치고 올 아빠를 향해 던질 폭탄을 제조 중인 셈이었다.

그날도 아빠가 손님들과 안나푸르나 등정을 마치고 산사람이 되어 돌아온 후에 일이 터진 것이다.

"당신 정말 손님들과 같이 갔던 거 맞아? 당신 블로그에 드나드는 세라라는 여자랑 갔던 거 아냐? 왜 말 못 해? 내가 아무것도 모를 줄 알지. 당신이 만나는 사람들 대부분 여자라는 것, 잘 알고 있다고. 인터넷에서도 그렇게 친한데… 만나면 오죽할까."

배낭도 풀기 전에 쏟아지는 엄마의 말 대포에 아빠의 얼굴은 사색이 되었다.

"나 좀 쉬자. 죽을힘을 다해 일하고 들어왔는데 무슨 말이냐고? 뭘 보고 하는 소리야? 정말 뜬금없다니까. 당신이 내가 일하는 것이 얼마나 힘든지 알기나 해?"

"나를 바보로 알아요? 당신이 드나드는 카페, 블로그, 페북 다 들어가 보았다고."

아빠는 그제야 엄마의 말이 이해된 듯 쓴웃음을 지었다.

"참, 어이없네. 비밀 내용일 것 같으면 내가 비공개로 하지 오픈하겠어? 거긴 내 영업장이라고. 인터넷으로 고객을 받지 않으면 일이 진행되지 않는 걸 왜 몰라? 그리고 고객들에게 친절하게 답하는 건

상도덕이고. 정말 당신 이러면 내가 어떻게 일을 하냐고. 답답해서
미치겠네."

간신히 짐을 푼 아빠가 저녁을 먹고 곯아떨어졌다. 혼자 부엌에
서 술을 마시던 엄마가 손목을 그은 걸 발견한 건 화장실을 가던
나였다. 엄마의 자해는 처음이 아니었다. 내가 어릴 때부터 엄마는
아빠에게 화가 나면 발작을 하다 하얀 거품까지 내뱉으며 손목에
예리한 칼을 댔다. 정말 무서웠다. 처음에는. 하지만 나도 몇 번 일
을 당하면서 적응이 되었달까. 엄마는 기이하게도 응급조치를 받으
면 될 정도로만 그었다.

"제발 이러지 마. 여보. 난 그저 일로 사람들을 만날 뿐이야. 고객
일 뿐이라고. 왜 허상 때문에 당신을 괴롭히는 거야? 바보 같은 짓을
왜 하냐고? 난 당신과 희야를 위해 사막도 걷고 죽음을 무릅쓰고
설산도 오르는 거라고. 제발 내 가슴에 바람 좀 불게 하지 말라고."

"당신 가슴에 부는 바람? 그게 바로 나를 불안하게 하는 요소라
고."

엄마의 어눌한 말투와, 달변에 괴변인 아빠는 서로 통하지 않았
다. 각기 다른 세상에서 사는 전혀 다른 영혼을 가진 사람들이 죽
기 살기로 악다구니를 하는 것 같았다. 그러다 엄마는 최후의 수단
으로 아빠의 손목을 잡았다.

"내가 뭐라고 당신 인생을 이렇게 만드는 거야? 도대체 왜 날 이
렇게 나쁜 놈으로 만드는 건데? 제발 당신 스스로에 대한 자존감

을 가지라고!"

처음 엄마가 자해를 시도했을 때, 아빠는 엄마에게 매달려 빌었다. 펑펑 울며 엄마의 마음을 잡으려 애썼다. 그러나 몇 번 엄마의 자해 소동이 일어나면서 아빠는 점점 더 냉담해져 갔다.

그날도 비슷한 상황이었다. 내가 그간 쌓은 경험으로 응급조치를 한 뒤, 병원에 전화를 했다. 그때야 아빠가 피곤한 얼굴로 나왔다.

"아빠. 지금 잠잘 때야? 얼른 엄마 좀 어떻게 해 봐."

내가 소리치자 아빠는 아주 냉정한 얼굴로 말했다.

"모르겠다. 더는 나도…. 감당하기 힘들다. 미안하다. 희야."

이 말만 남기고 아빠는 그날로 집을 떠났다.

지금 아빠 얼굴이 그날처럼 비장하면서도 무거워 보이자 은근히 걱정이 되었다. 설마 나를 이 깊은 곳에 두고 도망치는 것은 아니겠지.

"다 왔다. 옛날 그대로네."

아빠는 언덕 위의 제법 큰 게르 앞에 푸르공을 세운 뒤, 혼잣말로 중얼거렸다. 아빠가 게르 문을 열어 보지만 닫혀 있었다. 아빠는 말없이 호숫가에 있는 동네를 향해 걸었다.

"원주민이 여행객을 위해 숙소로 지어 놓은 게르다. 저 아래 사니까 내려가 보자."

"그냥 엄마 여기서 보내면 되잖아."

"너는 가만히 좀 있어. 아빠가 알아서 할 테니까."

갑자기 아빠가 큰 소리로 말했다. 당황스러웠다. 나는 그냥 엄마의 뼛가루를 물 위에 뿌려만 주면 될 것 같아 무심히 말한 것일 뿐이다.

"미안하다. 아빠가 신경이 날카로워져서…."

아빠가 금세 사과를 했지만, 나는 뭔가 혼돈스럽고 갑자기 슬퍼지기도 했다. 엄마와의 긴 이별의 순간이 다가왔다는 생각 때문인 듯도 싶었다. 아, 그러고 보니 아빠도 엄마와의 이별이 두려운 것인지도 모르겠다.

아빠는 돈을 주고 원주민에게 열쇠를 받아 다시 앞에서 저벅저벅 걸었다. 깊은 생각에 빠진 듯한 아빠 뒤를 나는 말없이 따랐다.

앞서 걷던 아빠가 갑자기 풀밭 위에 쪼그리고 앉아 하얀 꽃을 가리키며 나를 불렀다.

"이 꽃이 에델바이스란다. 네 엄마가 머리에 이 꽃을 꽂고 웃던 모습이…. 정말 예뻤는데… 이렇게 허망하게 끝나다니."

아빠가 추억에 젖은 듯 가라앉은 목소리로 말했다. 자세히 들여다보니 이파리와 꽃 모두 하얀 솜털로 덮여 있었다. 키 작은 하얀 꽃이 지천으로 피어 있는 흡스골 호숫가. 나는 속으로 이렇게 아름다운 곳으로 엄마와의 긴 이별을 고하러 왔다는 사실이 서글프도록 아팠다.

"얼른 올라가자."

아빠의 명령에 나는 말없이 게르 안으로 들어왔다. 게르 안은 안온했다. 여행객이 머물 수 있도록 몽골 특유의 사냥 그림이 그려 있

는 카펫이 깔려 있고, 음식을 해 먹을 수 있는 간단한 주방 기구도
있었다.

아빠는 자동차 뒤에서 엄마의 항아리가 담긴 하얀 보자기를 가
슴에 안고 들어왔다.

식탁용 나무 탁자 위에 올려놓고 보자기를 풀었다. 하얀 옹기가
오롯이 얼굴을 내밀었다. 엄마의 얼굴을 닮은 것 같다는 생각이 들
기도 했다.

"희야. 엄마에게 인사하자."

아빠는 내게 말을 한 뒤, 엄마의 항아리를 향해 무릎을 꿇었다.
한동안 침묵이 흘렀다. 게르 안의 침묵을 뚫고 붉은 노을이 살며시
내려와 앉았다. 깊은 산중이라 어둠이 일찍 오는 것 같았다. 기분이
묘했다. 엄마에게 할 말이 많은 것 같았으나 막상 무슨 말인가 하
려니 말문이 막혔다.

"여보. 미안해…"

아빠는 숨죽여 흐느꼈다. 나는 이상하게 눈물이 나지 않았다. 그
순간 죽음이라는 것이 먼 나라의 일만은 아닌, 나와 아주 가까운
세계라는 느낌이 들 뿐이었다.

"이 게르가 엄마 아빠가 신혼여행을 왔던 곳이다. 세상을 떠돌던
내게 뿌리를 내리고 싶다는 생각을 하게 해 주었다. 네 엄마가… 실
은 엄마를 잃고 싶지 않아서 도망을 쳤던 거야. 내가 눈앞에서 보
이지 않으면 네 엄마가 좀 강해질 줄 알았어. 너에 대한 책임감으

로라도 말이야. 아빠는 아직도 엄마를 사랑해. 엄마나 아빠는 깊이 사랑하면서도 그 방법을 몰랐던 것 같다."

흡스골로 신혼여행을 왔다는 말은 처음 듣는 말이었다. 아빠가 왜 나를 데리고 굳이 흡스골까지 오려고 했는지 이해가 되었다. 어쩌면 내가 이곳에서 잉태되었을지도 모른다는 생각이 들었지만 묻지는 않았다.

"엄마는 늘 목마른 사람 같았어. 아빠에 대해."

"희야, 아빠가 왜 한국을 떠나 오지나 사막을 헤맨 줄 아니?"

아빠는 느닷없이 내 눈을 들여다보며 물었다. 참 엉뚱한 질문이라는 생각이 들었다.

"아빠는 대학 졸업하고 국내에서 제법 큰 여행사에서 일을 했어. 처음에는 정신이 없어 몰랐는데 어느 정도 지나자, 갑갑해서 견딜 수가 없는 거야. 밤마다 벽에 붙여 놓은 세계지도를 보며 꿈꿨지. 모든 걸 버리고 자연으로 떠날 생각만으로 하루를 살았어. 아빠는 원초적으로 보헤미안 기질이 강한 사람이었어. 결사적으로 말리는 부모님과 등을 지면서까지 떠나게 되었지. 히말라야 등정을 마치고 몽골에 처음 발을 디딜 때의 느낌이 남달랐어. 여행사에서 알게 된 형님이 운영하는 공장에 갔다가 너희 엄마를 만난 거야. 첫눈에 유목민이었던 너희 엄마랑 살면 내 가슴속의 바람이 잠잠해질 것 같았어."

"그런데 엄마는 또 다른 꿈을 꾼 셈이네. 아빠와는 달리 화려한 삶을 원했던 거고."

엄마와 아빠의 삶을 비교해 보니, 어느 정도 아빠가 이해가 되었다. 아빠는 엄마의 등을 쓰다듬듯 하얀 항아리를 만지며 다시 말을 이었다.

"여기서 신혼여행을 마친 뒤, 엄마가 너무 원해서 한국에 다시 들어가 살게 되었지만 난 늘 떠날 생각만 했지. 그래서 아빠가 오지나 사막 여행 팀을 꾸려서 떠나는 일을 택하게 된 거고. 너도 알다시피 아빠가 돌아오기만 하면 엄마와 싸웠잖니. 나 때문에 한 여자가 목숨까지도 내던지는 것을 보면서…. 처음에는 중죄인처럼 무조건 빌었지만. 그래도 풀리지 않는 엄마의 집착 앞에 두려웠다. 희야. 정말 아빠도 힘들었다. 그런데 엄마가 이렇게 가 버리고 나니… 난 더 죄인이 되고 말았구나."

"나도 정말 힘들었어. 아빠가 떠난 다음, 엄마의 히스테리성 발작을 내가 모두 받아야 했다고. 그때마다 아빠를 증오할 수밖에 없었어."

"정말 미안하다. 너에게는 아빠가 할 말이 없다. 엄마는 자신이 몽골인이고 내가 한국 사람이라는 원초적인 것부터 열등감을 갖고 있었다. 열등감이라는 우물은 스스로 빠져나오지 않으면 누구도 구해 줄 수 없었어. 아빠도 그런 엄마가 무섭고 두려웠다."

"아빠가 같이 우물 안에 들어갔어야지요."

"맞다. 근데 나도 그때는 내 두려움이 더 컸어. 같이 우물 속에 허우적거리다 죽는 게 아닌가 싶었다. 비겁한 도망자였지…. 그런데 희야, 아빠도 정말 힘들었단다. 길 위에서도 늘 너와 엄마 생각뿐이었어."

아빠가 신부님 앞에서 고해 성사 하듯 내게 속내를 털어놓았다. 푸르공처럼 단단하고 강해 보이던 아빠가 한없이 작아 보였다. 심지어 아빠마저도 엄마처럼 내 품에 안아 줘야 할 아이처럼 안쓰러워 보였다.

"이제 엄마를 보내러 나가자."

아빠는 다시 엄마의 항아리를 보자기에 싼 뒤 게르 밖으로 나갔다. 어느새 밤하늘에는 싸락눈을 뿌려 놓은 듯 별들이 반짝였다. 엄마도 저 하늘의 별이 되어 아빠와 나를 보고 있을 것 같았다.

호숫가의 나무 밑동 위에 잠시 엄마를 내려놓았다. 미처 준비를 해 오지 못해 장갑도 끼지 못한 채, 엄마를 한 움큼 손에 쥐었다. 차갑지만 온기가 느껴졌다. 아빠의 얼굴이 다시 붉어졌다. 눈가에 흐르는 물기를 애써 닦지 않는 아빠를 보며, 내 가슴도 뜨거워졌다. 아빠는 마지막으로 하얀 꽃잎을 물 위에 조심스럽게 던졌다. 사르락 사르락. 고요한 호수 물결을 타고 하얀 꽃 에델바이스가 떠나기 아쉬운 듯 뱅뱅 돈 후, 작은 파도에 밀려 이내 떠내려갔다. 아빠의 검게 그을린 얼굴에 눈물 줄기가 서리고 있었다. 나는 애써 눈물을 감췄다. 바다보다 더 넓은 호수 위에 하얀 꽃을 꽂은 엄마의 얼굴이 나타났다 사라지곤 했다. 폭포수처럼 쏟아지는 별들이 하얀 꽃잎을 따라갔다. 아빠와 나는 한참을 서서 긴 여행을 떠나는 엄마를 배웅했다. 고요한 호숫가에 물안개가 연기처럼 피어올랐다.

작가의 말

내 유년의 뜰에는 늘 찬바람이 돌았다. 보헤미안 기질이 강한 아
버지는 부재중일 때가 많았다. 엄마는 정처 없이 떠돌다 불쑥 돌아
온 아버지를 늘 '손님'처럼 대했다. 서먹한 분위기 속에서 나는 속
울음을 삼키며 애어른이 되어 갔다.

세월이 지나면서 아버지가 조금씩 이해가 되었다.

태생이 '자유인'이었던 아버지는 '가정'을 지키기 위해 안간힘을
쓰며 사셨다는 것을. 살아 보니 알 듯싶었다. 내 안에도 아버지의
유전자가 살아 꿈틀대기 때문일까? 늘 어딘가를 떠나길 갈망했다.
하지만 엄마라는 이름이, 아내라는 자리가, 쉽게 나를 놓아주지 않
았다. 아니 좀 더 솔직히 말하자면 소중한 내 아들들에게 천형 같
은 고독을 물려주고 싶지 않았다.

현실에 충실하면서도 간간히 '배낭'을 싸곤 했다. '여행은 서서 하

는 독서'라는 말을 믿으며. 나는 떠나기 위해 오늘을 치열하게 살았다. 여행지에서 만난 낯섦과 새로움 속에서 희열을 느꼈다. 그중에 가장 인상에 남는 곳이 몽골의 '흡스골'이었다.

내가 좋아하는 몽환적인 호수, 흡스골로 소설 속의 아빠와 딸을 이끌었다. 갈등을 내려놓고 서로를 감싸 안는 장소로 최고라 여겼기에.

엄마와 나를 외롭게 했던 아버지에 대한 트라우마를 풀어 놓았다. 내 안에 아직도 울고 있는 '내면 아이'를 떠나보내고 싶었다.

"많이 아팠지? 나도 힘들고 아팠단다. 미안하다."

이 소설을 쓰는 동안 이미 고인이 되신 아버지의 음성을 환청으로 들었다. 그때 나는 깨달았다. 아버지에 대한 지독한 원망은 그리움의 또 다른 이름이라는 것을.

로드스쿨러

윤혜숙

　장우를 처음 만난 건 7월의 마지막 날이었다. 그날도 나는 변함
없이 편의점으로 출근했다. 오십 년 만의 찜통더위라더니 아스팔트
를 달군 열기가 종아리에 끈덕지게 달라붙었다. 짧게 덥고, 길게 시
원하자. 건물의 그늘숲으로 몸을 던지며 땀나게 달렸다. 기대했던
대로 편의점 안은 섬뜩할 만큼 추웠다.

　삶이 너를 속일지라도… 기죽지 마라. 기환.

　형도 돈한테 기죽지 마! 포스기 모니터에 붙여 놓은 기환 형의
메모지에 입바람을 불었다. 기환 형은 함께 일하는 휴학생이다. 지
방대생이라 해외연수라도 다녀와야 한다며 형은 닥치는 대로 알바
를 뛰고 있었다. 그 정도의 스펙으로는 취업 철문에 스크래치 하나
못 낼 거라는 것쯤은 모를 리 없을 텐데. 여섯 달째 연수 비용을 모
으고 있는 기환 형은 통장에 찍힌 잔고를 확인할 때마다 '이생망(이

번 생에는 망했다)'이라며 한숨을 쏟아 냈다.

　가격표를 붙이고 진열대의 빈자리를 채우고 나면 저녁 전까지는 바쁠 일이 없다. 서둘러 휴대폰을 켜고 '로드스쿨러' 카페에 들어갔다. 밤새 달라진 메인 페이지를 보는 순간 '풋!' 웃음이 터졌다. 교실을 폭파하고 은하계로 날아간 아이들이 영화《마션》의 감자 온실 안에서 환호성을 올리는 장면이었다. 동영상 끝에 방장의 치기어린 멘트가 달려 있었다. 너무나 뻔한 글귀들!

　"어디에 있든 넌 최고의 로드스쿨러!!"
　"온 우주가 우리의 교실!"

너무나 희망적이어서 보는 내가 더 민망했다.
'하여튼 튄다니까. 그게 매력이긴 하지만.'
'로드스쿨러'의 방장은 카페 회원들의 우상이었다. 물론 나에게도. 문제아로 찍혀 빌빌대던 그가 학교를 그만둔 건 고등학교 2학년 때였다. 두 달 뒤 그는 가출을 감행했고, 심심풀이 삼아 '교실을 떠나는 아이들'이라는 UCC 동영상을 찍었다. 교실 밖 청소년들의 모습을 담은 동영상은 꽤 큰 UCC 공모전에서 대상을 거머쥐었고, 그 인연으로 지금은 글로벌한 인터넷 회사에 다닌다는 방장의 이야기는 전설이 되기에 충분했다.
　'이런저런 이야기' 게시판에 들어가 어젯밤 찍은 사진 한 장을 올렸다.

순전히 '뜨거워야 꽃은 핀다.'라고 휘갈겨 쓴 문구에 꽂혀서였다. 쓰레기 더미 옆, 버려진 연탄구멍에 꽂힌 빨간 장미, 그 뒤로 보석 알갱이처럼 부서져 내리는 도시의 불빛이 묘하게 어우러진 사진이었다. 내 눈에도 화면 구도며, 미묘한 색감이 꽤 그럴싸했다.

하자학교에서 연극을 공부한다는 친구, 생태농장에서 일하며 세계 최고의 농부가 되겠다는 친구, 오지 여행의 경험을 살려 여행과 심리 치료를 접목한 여행 기획자가 되겠다는 친구…. 수많은 로드스쿨러의 치열한 일상이 담긴 글과 사진을 보는 것은 언제나 가슴 뜨거운 일이었다. 빠르게 스크롤을 하며 읽어 가는데 퍼뜩 댓글 하나가 눈에 박혔다.

로드스쿨러가 되겠다고 마음먹은 지 석 달째지만 어디에서부터 어떻게 시작해야 하는지 모르겠다, 매일이 안갯속을 헤매는 기분이라며 징징대는 글은 며칠에 한 건씩은 꼭 올라오는 넋두리라 그러려니 했다. 그 밑으로 우선 공부의 목표를 세워라, 멘토를 찾아라 같은 뻔한 댓글 아래 '미로'님의 댓글이 달려 있었다. 모래사막, 신기루에 꽂혀 있던 때라 더 그랬을 거다.

"나도 님처럼 힘든 때가 있었는데. 쩝. 안개 속에서도 길이 보이더라고요. 궁금하면 몰운대로 가 보시길."

'몰운대! 안개가 죽어 가는 곳!'

네이버 지도와 구글 이미지를 검색했다. 짙은 안개가 배경처럼 깔리고 소나무 사이로 건너다보이는 검푸른 바다를 빼면 거창한 이름에 비해 많이 실망스러운 풍경이었다.

'두 달만 바짝 모으면 항공료는 모을 수 있겠지.'

바람 소리 가득한 사막 위로 쏟아지는 별빛들, 그 별빛이 수만 년 전에 출발해 이제 막 도착한 빛이라고 생각하면, 그 측량할 수 없는 시간의 무게와 신비 때문에 가슴이 벌렁거린다.

찌, 찌찍.

이 시크한 음향! 바코드 찍을 때의 감동은 자유의 달콤함, 노동의 신성함, 아킬레스건의 짜릿함으로 확장돼 세포 속으로 퍼졌다. 열 평도 안 되는 편의점 안에서 세상을 항해하는 느낌이랄까.

띠리리-링!

출입문 위에 달린 종이 경쾌하게 울렸다.

"어서 오십시오!"

고개를 들었을 때 손님은 벌써 음료수 냉장고 앞에서 어슬렁거리고 있었다. 꽤나 목이 탔던 모양이었다. 금방 계산하러 올 것 같던 손님은 양손에 '포카리 스웨트'와 '흐를 류'를 들고 머뭇댔다.

'우유부단이 체질이네. 혹시 결정장애자?'

저런 부류들은 불어 터진 짜장면을 앞에 두고 짬뽕을 택하지 않은 것에 울상 지을 스타일이다.

"이거 얼마…?"

손님은 고개도 들지 않고 물었다.

"계산 도와 드릴까요?"

바코드기를 음료수 병에 들이대다가 손님과 눈이 마주쳤다.

"너 픽 맞지?"

픽은 장우의 별명이었다. 장우의 주머니에는 늘 색색깔의 픽이 들어 있었다.

"누, 누구?"

장우는 떨떠름한 표정으로 되물었다. 난 단번에 알아보았는데 녀석은 아닌 모양이었다. 장우는 더듬더듬 주머니를 뒤져서 천 원을 내밀었다. 뚜껑을 비틀면서 장우는 나를 흘끔거렸다.

"나야, 가마니! 가마니 모르겠어?"

"으, 은철이?"

장우가 믿기지 않는다는 듯 눈만 껌벅였다. 장우 기억 속의 나는 말더듬이 뚱보 가마니였으니까 못 알아보는 건 당연했다. 20센티미터 웃자란 큰 키, 적당하게 근육이 오른 어깨, 희미한 여드름 자국에, 소년티를 벗은 굵은 목소리까지, 삼 년 전의 말더듬이 뚱보와 지금의 내가 동일인이라는 게 나조차도 믿기지 않으니까.

5대 독자인 나는 사시사철 녹용과 홍삼을 달고 살았다. 할아버지, 할머니, 고모들까지 총동원돼 약골 탈출 작전을 벌였는데, 약발을 잘 받는 탓인지 아니면 한약의 부작용 탓인지 키의 성장 속도보다 몸무게의 증가 속도가 빨라지면서 5학년부터 드럼통 같은 몸매를 갖게 되었다. 신체 구조의 열등감까지 합쳐져 소심했던 나는 점점 입을 닫았고, 결국 '가마니'가 되었다.

드럼통 몸매의 말더듬이 외톨이와 놀아 주는 친구는 당연히 없었다.

어쩌다 선생님이 출석을 부를 때도 있었다. 책상 밑이나 교탁 속에서 '네.' 하고 머리를 내밀 때면 선생님과 아이들은 나를 처음 보는 아이처럼 낯설어했다.

"언제부터 거기 있었지?"

"학교에 오긴 했구나."

그럴 때 말고는 책상 아래 쭈그린 채 동물 백과사전을 읽거나 학교 이곳저곳을 돌아다니며 사진을 찍었다. 매일 보는 풍경인데도 하루도 똑같은 날이 없다는 게 신기하고 놀라웠다. 물론 아이들은 내가 그러고 다니는 걸 몰랐다. 장우만 빼고.

"거기에서 원숭이랑 놀면 재밌냐?"

손가락을 꼼지락대며 이렇게 묻는 것도 장우뿐이었다. 장우가 말하는 거기가 아프리카인지, 책상 아래인지는 알 수 없었지만.

6학년이 되면서 장우는 기타 대신 책을 들었다. 공부하라는 엄마의 압박을 견디기엔 장우는 너무 어렸다. 장우는 왼쪽 손톱은 속살이 보일 만큼 짧게, 오른쪽 손톱은 때가 낄 만큼 길게 길렀다.

"깎을게요."

선생님이 혼을 내도 장우는 말뿐이었다. 기타를 치고 싶어서인지, 기타를 잊지 않기 위해서인지 알 수 없었다.

장우와 나는 같은 중학교로 갔다. 장우가 국제중에 떨어졌기 때문이었다. 같은 반이었지만 장우와는 가까워지지도 멀어지지도 않았다. 달라진 점이 있다면 장우는 하루 종일 책에 머리를 박고 있다는 것이었다.

"공부 재미있어? 난 아닌데."

내가 그렇게 물었을 때도 장우는 책에서 눈을 떼지 않았다.

"넌 문제집보다 픽을 잡았을 때 훨씬 멋있는데."

형광펜으로 이차함수 공식에 열심히 줄을 긋고 있는 장우를 보며 말했다.

"공부에 방해되니까, 입 다물어라."

장우가 화난 얼굴로 나를 째려보았다.

중학교에 가면서 나의 가마니적인 생활은 종지부를 찍어야 했다. 재수가 없었다고 해야 할까. 일진인 형수의 눈에 띄면서 더 이상 조용히 살 수 없었다.

"어젯밤부터 아무것도 못 먹어서 얼굴이 누렇게 뜬 것 같지?"

처음에 형수가 다가왔을 때 내심 기뻤다. 나한테 말을 걸고, 뭘 부탁해 온 아이는 처음이었기 때문이었다.

"그럼 빵 사 줄까?"

"고마워. 이왕이면 햄버거빵 두 개로."

한 달도 안 돼 나는 가마니에서 빵셔틀 '은빵'으로 전락했다!! 그렇게 형수와의 악연이 시작되었다. 내 용돈으로는 감당 안 될 만큼 형수의 빵 심부름은 점점 잦아졌고 과도해졌다. 하루 한 번이 점심 저녁 두 번으로, 두 개에서 세 개, 네 개로 늘어났다. 결국 할머니에게 손 벌리게 되고, 엄마의 동전 통에 손까지 댔다.

"언제까지 그렇게 살 건데. 나 같으면 죽기 살기로 덤볐을 거야. 죽기밖에 더하겠냐?"

내 옆을 지나며 장우가 이렇게 중얼거렸다. 빈정거리는 말투였지만 대거리하지 않았다.

"처음부터 형수 말을 무시했어야지, 받아 준 네가 더 나빠."

형수가 하지도 않은 부탁을 먼저 받아들인 건 나였으니까. 장우의 그 말이 기분 나쁘지 않았다. 오히려 나를 걱정해 주는 것 같아 마음이 따뜻해졌다.

나만 참으면 모든 게 조용히 지나갈 줄 알았다. 하지만 그게 혼자만의 생각이라는 걸 아는 데는 얼마 걸리지 않았다. 그날은 기말고사가 끝나는 날이었다. 시험 기간 중에는 형수도 나를 건드리지 않아 그 며칠이 나에게는 가장 행복한 시간이었다. 날 듯한 기분에 몸까지 개운했다. 후문 쪽 개구멍은 선생님들이 모르는 비밀통로였다. 내가 시도 때도 없는 형수의 빵 심부름을 무사히 수행할 수 있었던 것도 그 개구멍 덕분이었다.

"야, 가마니! 오늘 할 일 잊어 먹은 건 아니지?"

형수 패거리가 앞을 가로막았다.

"시험 기간이잖아."

"야, 넌 비 온다고 밥 안 먹냐?"

"맞아. 비올 때는 뜨끈한 어묵 국물이 최고지."

패거리 중에 한 놈이 맞장구로 거들기까지 했다.

"오늘은 돈 없는데."

"그런 변명으론 안 통하지."

형수의 눈짓에 패거리들이 달려들었다. 몸에 쏟아지는 주먹세례 속에서 나는 장우를 보았다. 놀란 토끼처럼 바짝 쫄은 장우는 뒷걸음질 치며 달아났다.

며칠 뒤 학생부장 선생님이 교무실로 불렀다. 형수의 뒤통수를 보는 순간 심장이 옥죄었다.

"형수가 널 계속 괴롭혔다면서?"

"…."

"진즉부터 형수 얘기는 듣고 있었으니까, 솔직히 말해도 괜찮아."

연신 다리를 건들거리던 형수가 이마를 구기며 눈썹산을 그렸다.

"삥 아니라니까요. 얘가 자발적으로 상납한 거라고요."

형수의 뻔뻔스러운 얼굴에 침이라도 뱉고 싶었다.

"뭘 잘했다고… 상납이 뭐 어쩌고 어째?"

선생님이 출석부로 형수의 어깨를 세차게 내리쳤다.

"맞다니까요. 저기 증인도 오네요."

증인? 문이 열리고 장우가 쭈뼛대며 들어왔다.

장우를 보는 순간 갑자기 내 안에 이상한 기류가 흘렀다. 불끈 힘이 솟는달까.

"형수가 나 괴롭힌 거 맞지? 진짜지?"

내 입에서 그 말이 먼저 튀어나왔다.

'죽기 살기로 덤비라며? 나 때문에 죽을 필요까진 없고 네가 본 대로만 말하란 말이야.'

등 뒤로 검지를 추켜세운 형수의 눈이 번들거렸다. 넌 이제 끝이야. 나도 더 이상 당하지만은 않을 거라고.

"형수가 좀 과격하긴 하지만, 작정하고 괴롭힌 건 아닐 거예요."

믿었던 하늘이 무너진다는 게 이런 걸까? 형수의 입가에 기묘한 미소가 떠올랐다. 형수 패거리 중 한 놈이 그랬다면 그러려니 했을 것이다. 장우도 별수 없이 말 따로 행동 따로인 따로국밥이었고 언제나 발등을 찍는 건 믿는 도끼였다.

"형수 넌 일주일간 반성문 쓰고 은철이 넌 운동 좀 해라. 그게 뭐냐? 하마가 형님 하자고 그러겠다."

장우는 그만 가 보라는 선생님의 말에 눈길 한 번 안 주고 등을 보였다.

그 일이 있은 후, 형수의 보복은 집요했다. 몸에 멍이 사라질 날이 없었다. 하복으로 바뀐 뒤에도 긴팔 춘추복을 입어야 했다.

"안 더워?"

장우가 그렇게 물었을 때는 피가 거꾸로 섰다. 알면서 모른 척하는 건지, 걱정하는 건지 애매한 말투였다. 앓는 소리는 하고 싶지 않았다. 장우는 특목고를 향해 거미줄 같은 학원 스케줄과 과외에 시달리는 평범한 중 2였을 뿐이었다. 그런 생각이 들자 장우가 형수 편을 든 걸 이해하려면 못 할 것도 없었다. 어쭙잖은 친절을 베풀다나 같은 꼴이 되고 싶지 않았을 테니까.

"참을 만해."

나는 시큰둥하게 말했다.

형수 일을 알게 된 엄마는 전학 가는 걸로 해결했다. 할머니는 5대 독자를 괴롭힌 녀석은 멀쩡하게 학교 다니는데 왜 손자가 전학을 가야 하냐며 억울해했다. 똥은 무서워서가 아니라 더러워서 피하는 거라며 엄마는 할머니를 설득했다. 다른 학교에서, 다른 친구들을 만나면 빵셔틀의 기억을 잊을 것도 같았다. 오랜만에 가슴이 설렜다.

앨범을 뒤적이다가 장우 사진을 발견했다. 5학년 가을 소풍 때였다. 그날 장우는 반 대표로 장기자랑에 나갔다. 눈을 감고 잔뜩 흥에 겨워 기타를 치던 장우는 다시 봐도 꽤 멋있었다.

다음 날 《에이뿔 수학》 책 안에 사진을 넣었다.

'나보다 주인이 가지고 있어야 할 것 같아서 돌려줄게. 넌 기타 칠 때가 제일 멋있더라.'

사진 뒷면에 이런 메모를 남겼다. 그 사진을 보고 장우가 무슨 생각을 하든 상관없었다. 이것으로 장우에 대한 원망과 분노에서 벗어나고 싶었다. 아니 모든 기억을 잊고 싶었다.

2학기에 나는 전학을 갔다. 집에서 열 정거장이나 떨어진 학교였다. 하지만 그곳에서도 편한 날은 없었다. 빵셔틀이라는 소문은 일주일도 안 돼 전교에 파다하게 퍼졌으니까.

삼 년 전 장우가 내 앞에 서 있었다. 장우와 내가 맞닥뜨리기에는 부적절한 장소였다. 그것도 손님과 알바생이라니.

"오랜만이다. 삼 년 만인가?"

내 말에 장우가 어깨를 추슬렀다.

"여기까지 어쩐 일이야?"

"엄마랑 영화 보기로 해서. 이번 기말고사에서 끄트머리지만 1등급으로 진입했거든."

장우는 자랑질이 민망했는지 어색하게 웃었다.

"그래? 축하한다. 기타만큼 공부에도 소질이 있었나 봐."

장우의 기분에 맞춰 주려고 귀밑까지 입을 찢었다.

"뭐, 그런 건 아니고. 죽을 둥 살 둥 해서 겨우…."

장우는 말도 못 끝내고 불편한 듯 인상을 썼다. 장우는 엄마 회사가 근처라 종로까지 나온 거고, 그렇고 그런 액션영화를 보게 될 거라고 시키지도 않은 말을 주절주절 떠들었다.

"지금은 내가 근무 시간이라 친구와의 상봉을 맘껏 즐길 수가 없네."

내 말에 뻘쭘해하는 장우 뒤로 한 남자가 잽싸게 티머니카드를
내밀었다.

"영화 끝나고 다시 와라. 기다릴 테니까. 삼 년 만에 만났는데 이
렇게 헤어지는 건 아니지, 안 그래?"

말이 엉뚱하게 튀어나왔다. 그냥 보내지 않으면 뭘 어쩔 건데. 장
우도 그런 생각을 하고 있었을 거다. 영화 시간 다 됐다며 부리나케
뛰쳐나갔을 때야 장우가 한 번도 나에 대해 묻지 않은 걸 알았다.
고 2라면 당연히 학원이나 독서실에서 책을 파고 있어야 할 시간
아니냐고 한 번은 물어볼 줄 알았다. 씁쓸했다.

일이 끝나고 영화관 앞으로 달려갔다. 기타라는 말에 흠칫 떨리
던 장우의 눈 때문이었을지도 모른다.

막 영화가 끝났는지 사람들이 한꺼번에 밀려 나왔다. 마지막 사
람까지 다 빠져나간 후에도 장우는 보이지 않았다. 다리에 힘이 빠
졌다.

무엇에 이끌리듯 낙원 악기상가 쪽으로 발이 움직였다. 건물 밖
으로 난 계단을 올라갔다. 조용한 바깥과는 달리 상가 안은 적당
히 소란스러웠다. 가게마다 연주 소리가 새어 나오고, 지나가는 사
람들을 다짜고짜 가게 안으로 끌고 들어가는 가게 주인도 눈에 띄
었다.

금방 가게 앞 유리창에 도마뱀처럼 달라붙어 있는 장우가 보였
다. 풋, 웃음이 났다.

"학생, 연습용 기타 찾아?"

꽁지머리를 한 사내가 느린 걸음으로 장우에게 다가왔다.

"아뇨. 구경만 할 건데요."

장우가 얼른 둘러댔다.

"그렇게 흘깃 보고 어떻게 명품을 알아보겠나? 사라고 안 할 테니 들어와서 천천히 보라고."

구매 강요를 않겠다는 말에 홀린 건지, 아니면 오랜만에 본 기타 때문인지 장우는 슬금슬금 가게 안으로 들어갔다.

장우가 점포 안을 휘둘러보고는 벽면을 가득 채운 기타들에게서 눈을 떼지 못했다.

"여자들한테 잘 보이려고 웬만한 남자들은 기타 정도는 기본으로 쳤던 시절이 있었는데. 이젠 다 옛날 얘기가 됐지만, 그때가 이 동네의 전성기였지."

꽁지머리 사장의 말은 귓등이고 장우는 팽팽하게 조여진 기타 줄만 만지작거렸다.

"학생도 기타 배워 봐. 여자애들이 환장해서 쫓아다닐 테니."

"기타 같은 건 필요 없어요."

잔뜩 부은 얼굴로 장우가 쏘아붙였다.

"여기 있을 줄 알았지. 사장님, 얘 기타 칠 줄 알아요."

내빼듯 나오는 장우를 떠밀어 다시 가게 안으로 들어갔다.

"어, 그래? 그럼 내가 실수한 거네. 미안해, 학생."

꽁지머리 사장이 뒷머리를 긁적였다.

"이왕 왔는데, 기타 한번 쳐 봐."

뚱해 있는 장우를 팔꿈치로 쳤다.

"다 까먹었는데 연주는 무슨."

"잡기만 하면 다 생각날 걸세. 기타라는 게 자전거 타는 거랑 같아. 한참 안 탔어도 안장에 엉덩이가 닿으면 그냥 달린다니까."

꽁지머리 사장에게 말려든 장우가 쭈뼛대며 기타를 받아들었다.

"팅. 티-잉, 팅-."

몇 번 줄을 튕기던 장우는 마른침을 꿀꺽 삼켰다. 소음이 완전히 제거된 듯 가게 안이 조용해졌다. 지켜보는 나도 꽁지머리 사장도 숨을 죽였다. 기타 줄을 빠르게 달리는 현란한 손놀림, 귀에 휘감기는 감미로운 기타 소리. 이제야 장우가 장우 같았다.

"조금만 하면 기타리스트로 이름 꽤나 날릴 것 같은데, 본격적으로 배울 생각은 없나?"

꽁지머리 사장은 썩히기 아까운 솜씨라며 한사코 가게 명함을 들이밀었다. 필요 없다며 내팽개칠 줄 알았는데, 장우는 주머니에 명함을 집어넣었다.

"언제부터 날 미행한 거야?"

가게를 나오자마자 장우가 따지듯 물었다.

"미행이 아니라 보호 차원이지. 범생이가 길 잃을까 봐."

나는 지나가듯 말했다.

"아직도 기타 보면 가슴이 뛰고 그래? 오늘 보니까 녹슬지 않았더라. 누가 그러는데 공부는 재주 없는 애가 어쩔 수 없이 선택하는 거래. 너도 기타 계속했으면 좋았을 텐데…"

본인보다 다른 사람이 더 잘 기억해 주는 과거가 있는 법이다. 장우는 백화점 문화교실에서 처음 기타를 잡게 되었다. 여섯 살 때였다. 종일 아들을 유치원에 맡길 수 없었던 엄마의 권유로 시작한 놀이였다. 홍대 클럽 거리의 언더그라운드 가수였던 사부가 장난처럼 올린 동영상 때문에 한때 친구들 사이에서 장우는 '꼬마 기타리스트'로 불렸다.

"어디 가서 제대로 된 상봉식 하자고."

머쓱해하는 장우의 목을 팔로 감았다. 장우는 못마땅한 눈초리로 나를 꼬나보았다.

"내가 좀 잘생기긴 했지만 대놓고 훑어보지 마라. 쑥스러우니까."

"너 가마니 같지 않아. 잘난 척하는 것, 적응 안 돼."

"그랬나?"

내가 웃음으로 어물쩍 넘겼다.

장우를 끌고 간 곳은 세운상가 앞 광장이었다. 더위를 피해 나온 사람들은 아예 돗자리를 깔고 치맥 파티까지 벌이고 있었다.

"저녁 안 먹었지?"

가방에서 삼각김밥과 샌드위치, 우유를 꺼내 죽 늘어놓았다.

"알바생이 뭔 돈이 있다고?"

장우가 말꼬리를 흐렸다.

"배고픈 친구와 일용할 양식 좀 나눠 먹는 건데 뭐. 미안해할 것 까진 없고."

삼각김밥을 내밀었다. 그날 유통기간이 끝난 식료품을 챙기는 건 편의점 알바생이 누리는 혜택 중 하나라고 했더니 그제야 장우는 김밥을 우적우적 씹어 넘겼다.

"공부할 시간도 부족할 텐데 웬 아르바이트야? 아까 보니까 바코드 찍는 게 예사 솜씨는 아니던데."

"여행자금 모으는 중이야. 사막에 갈 거거든. 그다음엔 오로라 보러 옐로나이프로…. 여기가 사막이면 정말 좋겠다."

잔디밭 위에 길게 드러누웠다. 빌딩 숲 사이로 컴컴한 하늘을 올려다보았다. 북극성이 멀리서 반짝였다.

"학교는?"

"그만뒀어. 어차피 대학 갈 것도 아닌데 시간 낭비할 것 없잖아."

"뭐? 대학 안 가?"

장우의 얼굴이 일그러졌다.

"그럼 뭐 할 건데?"

"내셔널지오그래픽 사진기자."

"내셔널지오그래픽?"

내셔널지오그래픽이 지구 대륙의 숨겨진 곳곳을 탐사하고 〈열대 강우림〉, 〈베수비오 화산〉 같은 다큐멘터리를 찍은 비영리과학재단이라는 것쯤은 장우도 알고 있을 것이다.

"옛날부터 사진 잘 찍더니 결국 그렇게 됐구나."

"그게 다 네 덕분이지 뭐."

"무슨 말도 안 되는. 그 일 때문에 날 엄청 미워하는 줄 알았는데."

순전히 불빛 탓이겠지만 장우의 얼굴에 짙은 그늘이 드리웠다.

"너도 그럴 수밖에 없었을 거야. 네 말대로 내 탓이 더 큰걸 뭐. 전학 간 학교에서 빵셔틀인 게 들통나니까 더 이상 다니지 못하겠더라. 학생 체질이 아니었던 거지. 그러고 나니까 사진을 찍고 싶더라고. 내 안에 찍사의 유전자가 있는 것 같기도 하고."

"맞아, 넌 초등학교 때부터 숨기의 달인이었어. 선생님이 부르기 전에는 책상 밑에서 안 나왔잖아?"

"아직도 기억하는구나. 그래서 아이들이 가마니라고 그랬나 봐."

별로 기억하고 싶지 않은 일이지만, 그런다고 없어지거나 지울 수도 없는, 그 역시 내 삶의 한 부분이었다. 다시는 돌아가고 싶지 않은.

"안 불안해?"

"뭐가?"

"사진 전공한 사람도 거기 들어가기 힘들다고 하던데?"

엄마도 아빠도 처음엔 장우처럼 말했다. 힘들이지 않고 갖겠다는 건 도둑 심보다. 적어도 난 도둑은 되지 않을 작정이었다.

"물론 힘들겠지. 그래도 공부하는 것보다는 덜 힘드니까 견뎌 낼 힘이 생기더라."

중학교 국어 시간에 오지 여행가가 꿈이라고 했던 적이 있었다. 그때 선생님은 여행가는 취미, 여가 활동이지 직업이 아니라며 나를 웃음거리로 만들었다.

"부모님이 반대하지 않았어?"

"당연히 반대하셨지."

아들이 자퇴를 한다는데 뜨뜻미지근하게 넘어갔다면 그게 더 이상한 거 아닌가?

"그럼 어떻게?"

"나한테 관심이 너무 많은 거 아냐?"

"그랬나?"

"가출!"

"정말? 가마니, 네가 그랬다고?"

장우의 눈이 휘둥그레졌다.

"공부 안 해도 되니까 이대로 조용히 살자!"

형수 사건 이후 나에 대한 엄마 아빠의 기대는 이랬다. 자퇴만 아니면 된다는 식이었다. 하지만 학교는 지옥이었다. 공부는 건널 수 없는 강이었고, 친구들은 그 강가에 포진한 악어 떼였다. 가출 말고는 뾰족한 수가 없었다.

첫 가출은 서울역 근처의 피씨방이었다. 피씨방 지하에 찜질방이 있어서 숙식을 한꺼번에 해결할 만큼 주머니도 넉넉했다. 아빠에게 자퇴를 인정하기 전에는 집에 안 들어갈 거라고 협박성 메시지도 날렸다. 심약한 엄마보다 같은 남자인 아빠를 움직이는 게 훨씬 유리할 거라는 계산이었다. 아빠도 고등학교 시절, 가출 경험이 있다는 할머니의 말이 힘이 되었다. 가출 하루 만에 발신지를 추적한 동네 파출소 의경이 잡으러 왔다. 의경 형은 '네가 내 동생이었으면 그냥…' 하며 다짜고짜 내 머리통을 후려쳤다.

한 달 뒤, 두 번째 가출을 감행했다. 첫 가출 이후 모든 현금을 압수당한 터라 주머니가 얇아 멀리 갈 수도 없었다. 전철로 갈 수 있는 가장 먼 곳, 오이도를 목적지로 정했다. 오이도가 섬인 줄 알았다. 섬으로의 가출. 풍경까지 그럴싸해서 사진으로 남길 장소가 많다면 금상첨화일 텐데. 역에서 내리면 눈앞에 바다가 펼쳐지고 머리 위에서 끼룩끼룩 갈매기가 날고…. 그런데 아니었다. 네이버 지식인이 시키는 대로 정왕역에 내렸다. 주변이 휑하다 못해 썰렁했다. 역 앞에 있는 포장마차에서 어묵과 순대를 주문했다.

"오이도 가려고?"

내게 가출생의 냄새가 풍기나? 아주머니가 종이컵에 어묵 국물을 채워 주며 물었다. 친절이 몸에 밴 아주머니는 바다를 보려면 버스를 타야 하고, 물때라 빨리 가면 멋진 풍경을 볼 거라고, 막차 끊기기 전에는 오라며 아들에게 하듯 당부도 덧붙였다.

이십 분쯤 달려 오이도 어시장 입구에 내렸다. 녹색 포장 지붕 아래 가게들이 줄지어 서 있고 막 배에서 내린 물고기와 조개들이 붉은 통 속에서 퍼득거렸다. 파시였다. 바다에 잇닿아 길게 이어진 뚝방 가운데 선착장이 보였다. 선착장에는 작은 어선들이 줄지어 서 있고, 그 앞으로 썰물 때라 흙빛 갯벌이 펼쳐져 있었다. 빠끔빠끔 뚫린 숨구멍 안에는 조개나 낙지들이 숨어 있을 테고, 뻘밭 위로 가라앉듯이 해가 붉은 빛을 퍼뜨렸다. 이내 마을은 노을에 잠겼다. 주인 없는 배 안에서 이틀 밤을 잤다. 다음 날 들이닥친 선장에게 멱살이 잡혀 경찰서로 끌려갔고, 입을 열지 않는 나를 청소년 선도 차원에서 하룻밤 재워 주기까지 했다.

다섯 번의 가출 중에 가장 멀리 간 곳은 땅끝마을이었고, 가장 빨리 잡힌 것은 가출한 다음 날 피씨방에서였다.

"그 일만 성공했으면 이렇게 널 만날 일도 없었을 텐데."

"왜 원양어선이라도 타려고 했나 보지?"

장우가 농담조로 되받아쳤다.

"어, 어떻게 알았어?"

네 번째 가출에 실패한 후 나는 아무도 찾을 수 없는 곳으로 숨을 계획을 세웠다.

"한 번만 더 집 나가면 아빠가 내 다리를 부러뜨리겠다고 그러시는데, 이번에 잡히면 죽을 것 같더라고."

마지막 가출지는 곰소항이었다. 마침 조기 철이라 마을은 들고나는 배들과 선원들로 북적거렸다. 몇 바퀴를 돌아도 한 시간도 안 돼

제자리에 돌아올 만큼 작은 항구였다. 산속만큼이나 바다 마을에도 일찍 밤이 찾아왔다. 찜질방이냐 여관이냐, 그도 아니면 배 안의 노숙? 판단 중지 상태로 매표소 앞을 어슬렁거렸다.

"야, 거기 가출생!"

후줄근한 점퍼에 왜소한 몸체가 얼굴보다 더 인상적인 사내였다.

"저요?"

"바로 대답하는 걸 보니 가출생 맞네. 이왕 가출한 거 폼 나는 데로나 가지, 너도 참."

사내는 혀까지 차며 철없고 한심한 청소년 취급을 했다. 남이야 가출을 하든 출가를 하든 뭔 상관이냐고 대들자 '한 성질 하네.' 그러며 웃어넘겼다.

"가출생이니 당연히 잠자리는 없을 테고."

그가 좁은 여관방이지만 가자고 했을 때, 군말 없이 따라나섰다. 대안이 없기도 했지만, 잃을 것도 없고, 주먹다짐을 하더라도 별로 밀리지 않을 것 같다는 근거 없는 자신감도 있었다. 방에 들어서자 사내는 주머니 안에서 소주 한 병과 군오징어를 꺼냈다. 엉거주춤한 자세의 내게 그는 며칠 전에 이곳에 도착했고, 주말에 출항할 외항선의 조타수라고 자기를 소개했다. 한 손으로 나를 끌어 앉히더니 술잔을 내밀었다.

"술은 어른 앞에서 배우는 거야!"

만만한 청소년이 아니라는 것도 보여 줄 겸 따라 주는 술을 거

푸 마셨다. 보통의 어른들처럼 집에 돌아가라, 집 나오면 다 개고생이다 뭐 그런 시답잖은 충고를 떠들어 댈 줄 알았는데 그는 술병의 반을 비우는 동안 별다른 말이 없었다. 결국 왜 여기까지 오게 됐는지, 열여섯 해 동안 겪었던 이런저런 억울함을 나불나불 떠들어 댄 건 나였다.

"가출은 도망이지 해결책은 아니…."

한참 동안 내 얘기를 듣고 있던 조타수 형이 소주를 입안에 털어 넣었다.

"도망치지 말고 협상을 했어야지."

"어른들한테 그게 통해요? 협상은 서로 손에 쥐고 있는 게 비슷해야 하는 건데."

"왜 네 손에 쥔 게 엄마 아빠 거에 비해 밀릴 거라고 생각해?"

"…."

협상이라니, 한 번도 생각해 본 적 없는 말이었다. 협상이란 돈이든, 논리든 내밀 만한 게, 어떤 감언이설과 협박에도 꿈쩍 않을 배포와 뚝심이 있어야 가능한 거라고 생각했다.

"난 그냥 내가 하고 싶은 걸 하고 싶단 말이에요. 엄마 아빠가 바라는 거 말고요."

"그러니까 네가 원하는 그것과 엄마, 아빠가 바라는 그것의 무게가 왜 다를 거라고 생각하느냐고? 네 엄마, 아빠조차 설득시키지 못하는 거라면 네가 하고 싶은 그 일이라는 게 과연 가치 있는 걸까? 네가 행복하고 싶다면 네 엄마 아빠가 가장 바라는 것도 그걸 거야. 그러니까 도망치지 말고 협상을 하라고."

다음 날 아침 첫 버스를 타고 서울로 돌아왔다. 조타수 형의 말이 옳았다. 내가 살고 싶은 미래가 엄마 아빠가 바라는 아들의 삶에 비해 결코 딸리지 않는 무게라는 확신이 들었다.

제 발로 돌아온 나를 보고 엄마는 고맙다며 눈물부터 펑펑 쏟았다. 그날 저녁 아빠도 일찍 들어오셨다. 엄마 아빠 앞에 다짜고짜 무릎을 꿇었다. 갑작스런 행동에 엄마 아빠는 무슨 일이냐며 겁먹은 얼굴이었다. 절대 가출을 하지 않겠다고 약속했다. 엄마 아빠의 굳은 얼굴이 서서히 펴졌다. 입시공부는 하지 않지만 내가 하고 싶은 사진은 열심히 찍겠다고, 여기저기 공모전에 도전해서 내 사진 실력을 인정받겠다고, 사진에 필요한 경비는 내 힘으로 마련하겠으니 2년만 지켜봐 달라고 했다. 물론 단번에 엄마, 아빠가 허락해 줄 거라고는 기대하지도 않았다. 부모님 역시 시간이 지나면 내 생각이 바뀔 거라고, 당장은 내 기분을 긁지 않고 지켜보는 것으로 마음을 고쳐먹은 듯했다.

일주일도 안 돼 아르바이트를 구했다. 동네 햄버거 가게였다.

"걔가 별로 끈기가 없어요. 아마 며칠 못 갈 테니 그때까지만 눈 감아 주세요."

엄마와 가게 사장인 아줌마가 그런 통화를 했던 걸까? 매니저가 탐탁지 않은 얼굴로 나를 훑었다. 그 후 정말 열심히 살았다. 사진

관련 책을 읽었고, 인사동과 미술관 사진전을 쫓아다녔고, 사진 동아리의 형들을 따라 출사 여행도 다녔다. 아르바이트도 최저 시급이 아깝지 않다 싶게 성실하게 일했다. 나의 불성실함이 엄마 아빠와의 협상을 깨는 빌미가 되면 안 되니까.

"근데 자퇴하던 날 아빠가 뭐라는 줄 알아? 내가 자퇴서 안 내고 오면 어쩌나 그러셨대. 그 말 들으니까 다시 학교에 가서 자퇴서 찢어 버리고 싶더라."

"설마?"

"진짜야. 이제 돈 벌 이유도 없어지고, 명퇴다 구조조정이다 속 끓이지 않고 살게 됐다며 드러내 놓고 좋아하셨는걸. 그걸 보니 엄마 아빠도 내가 먼저 이쪽이든 저쪽이든 선택해 주길 바랐던 건 아닐까 그런 생각이 들었을 정도야. 역시 김밥은 이 맛에 먹는다니까."

보란 듯이 김밥 꼬다리를 입속으로 집어넣었다.

우유팩과 빵 봉지를 구겨 가방 안에 넣었다.

"공부 딱 한 가지 포기했는데 왜 이렇게 할 게 많냐? 히말라야도 오르고 싶고, 사막도 건너고 싶고… 나 요즘 스무 살 전에 가 볼 여행지 목록 만들고 있어."

가방을 둘러메며 탈탈 엉덩이를 털었다.

"공부가 포기가 돼? 제대로 해 보겠다고 덤벼 본 적은 있고?"

장우가 나를 빤히 쳐다보며 말했다.

"그래서 넌 지금 엄청 덤비고 있는 중인데, 생각만큼 안 돼서 고

민인 거고?"

"…"

장우의 속이 한 길 물속처럼 빤히 보였다.

"대학 때문에 하는 공부라면 순서 좀 바꾼다고 큰일 날 건 없잖아. 살날이 모래알처럼 많은데. 지금은 내가 하고 싶은 거 하고, 마흔 넘어서, 아니 예순 넘어서 대학 가도 안 될 것도 없지. 어쩌면 그때 하는 공부가 진짜 공부일지도 모르고."

"다르게 사는 게 두렵지 않아?"

"다른 게 잘못된 건 아니고, 요즘은 차별화가 대세잖아."

"차별화."

장우가 혼잣말처럼 중얼거렸다. 골똘한 생각에 빠져 있어 말도 못 붙였다.

장우의 속도에 맞추느라 자연히 발걸음이 느려졌다. 버스 몇 대가 줄줄이 옆을 지나갔다.

"길 위의 학교라고 들어봤어?"

"길 위의 학교? 학교 이름은 근사하다. 대안학교야?"

장우의 반응은 시큰둥했다.

"길 위에서 공부하는 학생, 로드스쿨러? 가슴 뛰지 않냐? 관심 있으면 카페에 들러 보든지."

나는 카페 이름을 한 자 한 자 콕콕 짚듯 말했다.

"혹시 종로 쪽에 오면 들러라. 컵라면 정도는 언제든지 먹게 해 줄 테니까."

장우가 복잡한 얼굴로 고개를 끄덕였다.

장우를 만나고 일주일 후 나는 아르바이트를 그만두었다. 여행 경비를 다 모은 이유도 있었고, 사전 조사, 자료 수집 뭐 그런 준비도 필요했다.

몰운대 어쩌고 했던 미로 님의 블로그에 들어가 보았더니 지난 봄에 몽고 여행을 다녀왔다는 게시 글이 여럿 올려져 있었다. 이런 게 우연이 빚어낸 필연적 운명. 몰운대도 보고 사막 여행의 정보도 얻을 수 있겠다 싶었다. 여행에서 최소 경비로 최대 효과를 얻는 방법은 여행지 정보를 최대한 많이 알고 가는 것이다. 첫 해외여행인 교토 여행에서 얻은 교훈이었다. 미로 님은 부산까지 내려오면 자기가 모은 여행 자료를 모두 넘겨주겠다고 했다. 와우!

몰운대에 함께 갈 친구를 찾습니다.
안개 속에서 길을 찾았다는 미로 님의 말씀을 한번 확인해 보고 싶기도 하고요.
저와 함께 가실 로드스쿨러는 목요일 저녁까지 댓글을 남겨 주세요.

카페 게시판에 글을 올렸다. 하루 이틀 지나면서 장우가 이 글을 볼지도 모른다는 기대는 같이 몰운대에 가고 싶다는 희망 사항으로 바뀌었다. 게시 글에 모두 스무 개의 댓글이 달렸다. 대부분은 잘 다녀오라는 둥, 마음만 같이 가겠다는 둥, 몰운대 사진 올려 달라는 둥, 안개 속에서 길을 찾으면 인증샷 보내 달라는 둥 변죽만 울리는 것뿐이었다. 기대했던 장우의 댓글은 역시나 없었다.

배낭 속 깊숙이 노트북을 집어넣었다. 포토샵이 필요해서 한 달 알바비를 모두 투자해서 장만한 것이었다. 동교동 중고매장에서 40만 원에 득템했을 때 내 힘으로 무언가를 소유했다는 기쁨은 생각보다 컸다.

가방을 둘러멨다. 부산행 무궁화호 열차는 10시 50분 서울역에서 출발한다. 이왕 나선 걸음이니 거제도를 거쳐 외도까지 둘러볼 계획이었다.

"이상한 애들은 무조건 피해 다녀. 절대 밥 거르지 말고 돈 떨어지면 연락하는 거다."

엄마가 하나마나한 잔소리를 늘어놓고는 삶은 계란 뭉치를 내밀었다.

버스창 너머로 분주하게 오가는 사람들, 여름을 자랑하듯 웃자란 가로수들이 휙휙 지나쳤다. 매일 오가던 똑같은 거리인데 어제의 그 풍경이 아니었다.

서울역에 도착했다.

'길 위에 서야 비로소 길이 보인다.'

휴가철을 겨냥해 걸어 둔 플래카드가 눈에 들어왔다. 나를 두고 하는 말 같아 소리 내서 따라 읽었다. 늦은 시간인데도 역사 안은 사람들로 북적거렸다.

부산역에 도착하니 4시가 조금 넘은 시각이었다. 벌써 희부염하게 날이 밝아 오고 있었다. 첫 전철은 5시 반부터 운행된다. 그 시간까지 보낼 장소부터 찾았다. 역 광장 건너에 롯데리아가 보였다. 천 원짜리 아이스커피를 시키고 와이파이를 연결해 카페에 들어갔다.

확인하지 못한 댓글 하나가 올라와 있었다.

픽 16. 08. XX. 21: 45 new
같이 가고 싶지만, 건너야 할 사막이 너무 많네요. 모두 우유부단한 제 탓이지만요.

픽…. 그런 닉네임은 흔하겠지만 그 픽이 장우일 거라는 확신이 들었다. 오래 고민한 기색이 읽혀지는 댓글이었다. 핸드폰에 문자도 들어와 있었다.

"로드스쿨러가 된 거 후회한 적 없어?"

장우였다. 새벽 1시 반이라고 찍혀 있었다. 몰운대행을 포기하고 내내 수학 문제집과 씨름이라도 한 걸까. 1등급 안착을 위해 학습

매니저가 짜 준 스케줄이 살인적이라며 잔뜩 엄살을 떨었던 카톡 문자가 기억났다.

"제일 잘한 일을 후회하는 멍청이도 있냐?"

혹시나 싶어 답글을 달았다. 금방 경쾌한 소리가 들렸다.

"우리 엄마 알지?"

뜬금없는 말이었다.

장우 엄마를 모르는 아이는 없었다. 장우 엄마는 학원 강사보다 빠르게 입학 정보를 물어 왔고, 비밀 괴외 팀을 꾸리는 데도 탁월했다. 공부에 방해가 된다며 담임 선생님께 짝꿍을 바꿔 달라고 항의한 적도 있고, 장우를 끼워서 족집게 과외 팀을 만들기도 했다. 요즘도 과외 교사가 있는 오피스텔까지 오가는 시간도 줄여야 한다며 자동차로 장우를 실어 나르는 모양이었다.

"왜 갑자기?"

장우에게서는 아무 대답도 없었다.

나는 커피를 마시면서, 하루 일정표를 다시 짰다. 우선 전철을 타고 동백섬에 내려 동백공원을 돌고, 누리마루에 올라 마천루의 센텀시티를 배경으로 사진을 찍고, 전망대에 올라 광안대교도 보고 해안 산책길을 따라 해운대까지 걸어야지. 해운대에 도착하면 해수욕을 하러 온 인파들의 들뜬 표정을 카메라에 담는 것도 잊지 말 것. 달맞이 고개에도 올라가고, 거대한 별무리처럼 반짝이는 도시의 풍경도 찍어야지. 카메라 렌즈를 꼼꼼하게 닦고 내셔널지오그래픽지도 들춰 봤다.

장우의 카톡이 온 것은 한참 뒤였다.

"어떻게 협상해야 돼?"

밑도 끝도 없이 무슨 협상? 웬 낮도깨비 같은 말이냐며 댓글을 달 틈도 없이 핸드폰이 울렸다. 아무리 해도 공부에는 소질이 없는 것 같다고, 다시 기타를 시작하면 내년 대전 국제기타페스티벌에 참가할 수 있겠느냐고… 앞뒤 없는 말을 쏟아내면서 지금처럼 사는 건 좀비 같다며 고함인지 울분인지 모를 괴성을 질렀다. 장우답지 않았다.

"여기 부산인데, 같이 몰운대에 갈래? 내 충고가 필요하면 언제든지 해 줄 수 있는데."

휴대폰 저쪽에서는 씩씩거리는 숨소리만 들렸다. 둔탁한 소리와 함께 전화가 끊겼다.

전철을 타러 가는지 매장 안에 있던 사람들 몇이 자리에서 일어났다. 주섬주섬 짐을 쌌다. 아빠가 사준 DSLR 카메라를 어깨에 멨다. 대학 입학금 대신이라고 했다. 감격해서 첫 월급 타면 카메라값부터 갚겠다는 각서를 썼다. 부모 자식 간에도 금전 문제는 투명해야 한다는 내 말에 아빠는 철들었다며 벙싯거렸다.

지하철이 서서히 플랫폼 안으로 들어왔다. 이른 시간에도 빈자리는 별로 없었다. 장마전선이 서서히 다가오고 있다는 날씨 예보가 전광판에서 반짝거리며 흘러갔다. 어쩌면 여름에는 좀처럼 보여 주지 않는다는 몰운대 안개를 볼 수 있을 것이다.

해운대역에 가까워지면서 장우가 올 거라는 기대를 접었다. 서울에서 만나면 안개 속에서도 길을 품은 몰운대를 보여 줘야지. 아침 햇살을 등 뒤로 받으며 뜨거운 돼지국밥이라도 먹어야겠다. 以熱治熱!

무전여행이 유행하던 시절이 있었다.

방학이 끝나면 얼마나 적은 돈으로, 얼마나 많은 곳을, 또 얼마나 재밌는 추억을 만들었는지 자랑하느라 교실이 며칠 시끌시끌했다. 물론 고등학교에 다니는 이웃집 오빠 이야기다.

〈소년, 소녀를 만나다〉 같은 아픈 첫사랑을 할 뻔도 하고, 길을 잃어 여우누이가 살 것 같은 폐가에서 잠도 자고, 기차를 놓쳐 경운기도 얻어 타고, 똥바다에 오줌을 내갈기기도 하고. 또 시골 외삼촌한테서 두둑하게 용돈도 타 내고.

그 여행 이후 오빠는 한 달 전 그 사람이 아니었다. '학교 다녀오겠습니다.'라는 인사가 담장을 넘을 만큼 우렁찼고, 장딴지는 더 굵어졌고 걸음걸이도 의젓해졌다. 죽어라 내뺄 궁리만 하던 독서실에 얼굴을 들이밀고 도서관 자판기 커피에 길들여질 것 같다고 투덜거리면서도 옆구리에 시집을 끼고 다녔다. 학교 주먹을 손봐 준다며 덤볐다가 묵사발이 되고도 히히거렸고, 남동생에게 타이타닉 식 자전거 타는 법을 가르쳐 주기도 했다.

오빠의 매일이 궁금해지면서부터 내 짝사랑이 시작된 것도 그때였다.

"아무것도 하지 않았기에 아무 일도 일어나지 않았다"

요즘 눈을 사로잡는 광고 문구다. 혹시 뜨끔했다면, 괜찮다. 아직 기회도, 시간도 있으니까.

아무것이나 해도 괜찮은 나이는 언제쯤일까? 정답은 없지만 지금, 이 시간이 그 일을 하기에 가장 적당한 때일 것이다. 오늘 내 옆을 스쳐 지나간 그 아이, 장우가 다시 용기를 낼 거라고 믿는다.

인생이 여행이라면, 우리는 길 위에서 세상을 배우는 여행자이다. 이 땅의 로드스쿨러들이여, 다시 파이팅이다!!

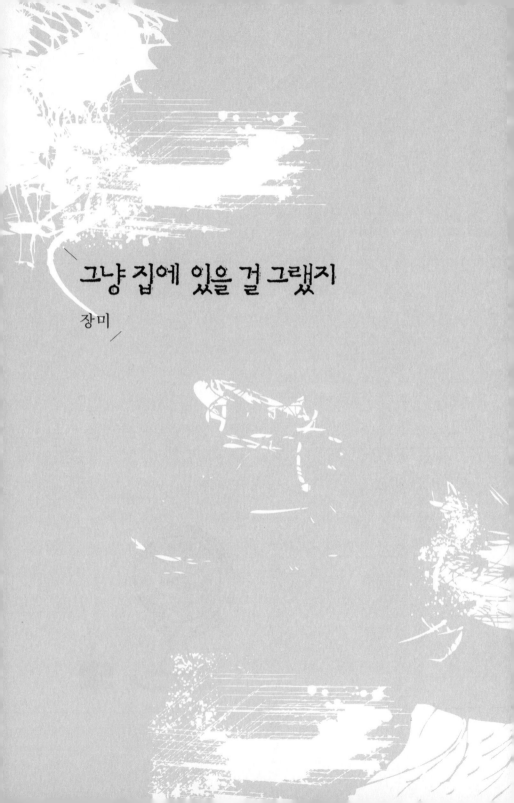

그냥 집에 있을 걸 그랬지

장미

예지 누나에게서 마지막 메일이 왔다.

'나는 이제 파리로 떠남. 열쇠는 옆집 캐이시네에 맡겼어. 내 이름을 말하고 코리아에서 온 학생이라 하면 열쇠를 줄 거야. 방에 잘 들어가면 연락 주고 잔금 보내 줘. 집에서 걸어갈 만한 마켓이나 빵집, 이런저런 정보들을 메모해서 책상 위에 올려 두었어. 런던에서 좋은 추억 많이 쌓길 바라.'

내가 런던으로 떠날 날도 드디어 코앞으로 다가왔다.

고등학교에 들어가기 전 중 3 겨울방학에 아이 혼자서 자유 여행을 하는 건 우리 집안의 전통이다. 잠깐. 엄마 아빠는 그때 분명히 그냥 전통이라 하지 않고 '멋진' 전통이라 했었지. 늘 당신들이 얼마나 '멋진' 부모인지 자부심을 가득 안고 있으니.

십 년쯤 전에 영화 한 편을 찍어 신인감독상까지 받아 기대주 소리를 듣기도 했으나 그 이후로는 언제나 '작품 구상' 중이시며 가끔씩 회의를 하기도 하고 아주 더 가끔씩은 헌팅을 가기도 하는 아빠. 이런저런 학습지나 자기계발서를 번역하는 것으로 돈을 벌고 있지만 그건 어디까지나 알바일 뿐이고 자신이 '영화감독'이라는 사실에는 추호도 의심이 없으시다.

고등학교 생물 선생님인 엄마 인생에는 '연금'이라는 동아줄이 있다. 연금이 있어 학교에 나가 턱이 빠지도록 일을 하고 (엄마는 피곤하면 가끔 턱이 빠진다), 연금이 있어 아들 둘을 키우고 남편도 키운다. 연금이 있어 '나는 자식 공부에만 목을 매는 극성 엄마가 아니다. 내가 중요시하는 것은 아이를 폭넓게 키우는 것이다.'라는 허세 + 자존심을 지키고 산다.

여하튼 그리하여 이제 고 3이 되는 형은 중 3 겨울방학에 혼자서 한 달간 중국으로 자유여행을 다녀왔다. 그렇게 선행학습도 제대로 하지 않고 들어간 외고에서도 줄곧 좋은 성적을 받고 있다. 엄마 아빠 말이, 혼자 계획하고 진행하는 자유여행이 그 어떤 공부보다 유익하다고, 이거야말로 다른 아이들에게는 없는 훌륭한 스펙이 될 거라고 했다.

그렇다면 형은 이제 완벽해진 것인가. 어려서부터 아무 이유 없이 마냥 똑똑한 사람이 가끔 있는데 그게 우리 형 최태호다. 누가 뭐라 하지도 않는데 가만히 앉아 독서를 하고, 동네 친구들하고 똑같은 학원에 다녔는데도 공부는 혼자서만 유난히 잘하는 사람. 제가 해야 하는 일이라면 부모의 간섭이나 도움 없이도 스스로 잘 해

내는 형이었으니 남들은 다 고등학교 수학 공부를 하고 있는 그때에 태평스레 여행을 보내면서도 엄마 아빠는 속으로 자신이 있었을 거다.

하지만 나는 형하고 다르다.

초등학교 시절엔 '최태호 동생 최태서'로 조금 알려졌지만 이내 '공부는 보통인데 운동은 좀 잘하는 아이' 그룹에 들어갔었고 중학교 때에는 '모든 것이 보통인 아이'에 속했었다. 이제 고등학교에서는 (아아, 물론 나는 외고 따위는 꿈도 꾸지 않았다. 집에서 가까운 고등학교가 마침 남녀공학이니 이 얼마나 좋은가. 게다가 이 학교는 둘이 들어가 셋이 나온 적도 있는, 하하, 우리나라의 출산율을 올려 주는 애국하는 학교다.) 마음을 비우고 건강하지만 안전하게 학교에 다닐 일만 남았다. (난 아직 아빠가 되긴 이르다고요. 하하하.)

아빠는 머리는 좋은 것 같지만 자유로운 영혼을 지닌 예술가답게 대충대충 살아가고, 엄마는 머리는 별로라는데 매사에 성실하고 반듯한 사람이다. 아마도 형은 아빠의 똑똑한 머리에 엄마의 성실함을 골라 간 것 같다. 그러니 남은 것은 엄마의 평범한 머리와 아빠의 게으른 성향일 터.

그래서 혼자 알아서 여행을 다녀온다는 것도 사실 내게는 썩 내키지 않는 귀찮은 일일 뿐이다. 일주일 정도 홍콩이나 대만 같은 곳으로 패키지여행이나 보내 주면 딱 좋으련만. 대충 따라다니면서 맛있는 거나 먹어 보게. 나머지 날들은 동네에서 그냥 빈둥빈둥 노는 거다. 어차피 여행 가면 공부 못 할 텐데 이렇게 노나 저렇게 노나 마찬가지 아닌가.

"야 이 새끼야, 니가 아주 배가 불렀구나. 나 같으면 고등학교 들어가기 전에 혼자서 여행 다녀오라 하면 감사합니다 절을 하고 가겠다."

초딩 때부터 단짝이었던 원호가 말했다. 고등학교도 같이 갈 줄 알았는데 원호 엄마가 노력을 하시어 (단언컨대, 원호는 노력한 게 한 개도 없다.) 집에서 조금 떨어진 자사고에 가게 됐다.

"야, 세상에 공짜가 어딨냐. 큰맘 먹고 큰돈 들여 여행 보내 줬으니 주먹 불끈 쥐고 돌아와 빡세게 공부하는 모습 보이라는 거지."

"세상은 넓고 멋진 곳은 많구나. 나도 열심히 공부하여 큰 사람이 되겠어. 이런 거? 은근 부담스럽네."

"은근이 아니지. 겁나 부담스럽지."

"그렇다고 나는 보내 주지 말라 할 수도 없잖아."

역시 내 마음을 아는 건 원호뿐이다.

세상에서 제일 불쌍한 고딩이 누군지 아나? 전교 꼴찌? 전국 꼴찌? 아니다. 부모님 두 분 다 서울대 나온 고딩이란다. 남 보기에 괜찮은 부모님과 안팎으로 훌륭함을 인정할 수밖에 없는 형을 둔 나도 만만치 않게 피곤하다. 그나마 내가 성격이 좋아 허허실실 웃으며 살아가고 있지만 뭐 하나라도 형 못지않게 잘하는 게 있다는 걸 보여 주고 싶은데 잘 되지 않아 씁쓸한 인생이다. 그래도 여친만큼은 내가 더 예쁜 애를 사귀고 결혼도 내가 더 빨리하리라. 아닌가? 여자애들도 공부 잘하는 남자 좋아하나? 쳇.

형이 예전에 중국으로 여행을 다녀왔으니 나도 당연히 중국으로 갈 줄 알고 가족들 모두 그런 식으로 얘기를 하기에 추석날 밥상에서 순간적으로 어깃장을 놓은 것도 그런 속마음 때문이었다.

"누가 중국 간대? 난 중국 안 가."

"그럼 어디 가게?"

"유럽!"

"유럽?"

"응, 유럽. 영국 갈 거야. 런던."

"런던엔 테러 위험 없나, 여보?"

"글쎄. 근데 영국은 물가가 무지 비싼데."

"비행기값만 해도 나보다 두 배는 들겠다."

식구들이 한마디씩 하며 떠드는데 나는 아무 계획도 없이 다시 한 번 큰소리를 쳤다.

"형하고 돈 똑같이 주면 되잖아."

멋진 전통이네 뭐네, 학원에 앉아 있는 것보다 훨씬 더 훌륭한 공부네 어쩌네 하면서 형을 보내 줘 놓고 나더러는 가지 말라고 할 수도 없어 모든 태도가 어정쩡하던 부모님은 뭐라 거절할 말을 찾지 못해 우물쭈물. 그 속을 꿰뚫고 있던 나는 오기인지 패기인지 목소리만 커다랬다.

"알바를 하든 노숙을 하든 영국에서 한 달 있다 올 거야."

그리고 한마디 더.

"갈라믄 유럽 정도는 가야지."

그래서 영어도 제대로 못하는 내가 졸지에 영국 런던에 가는 걸로 정해졌다. 사실 영어 못하는 것쯤은 크게 걱정 안 한다. 영어 못하면 죽어야 되는 줄 아는 대한민국에서 중학교를 졸업하기까지 주워들은 단어가 몇 개냐. 어차피 아는 사람도 없는데 얼굴에 철판 깔고 단어만 막 던져도 뜻은 통할 테지. 전에 전철에서 외국인을 만났었는데 '쾅화문. 어디. 나는, 쾅화문.' 이러고 있는 걸 '쾅화문 이즈 퍼플 라인. 디스 라인 이즈 그린.' 해 가면서 환승 정보까지 알려준 적이 있었다. 멀쩡한 팔다리가 있고 유연하게 움직이는 얼굴 근육이 있는데 영어가 아니라 불어, 독어인들 문제가 될쏘냐.

그런데 돈은 문제다.

고등학교 들어가기 전에 큰 세상을 보고 오라고 아이를 한 달씩 해외여행 보낸다 하면 다들 우리 집이 엄청 부자인 줄 알겠지만, 앞에서 말했듯이 아빠는 솔직히 반백수고 엄마는 학교 선생일 뿐이다. 물론 언젠가 아빠가 천만 영화를 찍는 대박 감독이 될 수도 있고 (이건 그야말로 영화 같은 꿈이다), 보다 확실한 엄마의 연금이 있긴 하다. 하지만 일단 지금 우리 집은 대출 이자와 마이너스 통장에 허덕이느라 가족끼리 여름휴가도 제대로 못 가 본 형편이다. 그런데도 성인이 되기 전에 처음이자 마지막으로 부모가 자식을 위해

선사하는 우리 집만의 스페셜 전통이 이것이니.

그러니 내가 통 크게 유럽엘 간다고 해서 돈도 통 크게 쓸 수는 없는 건데, 유럽이 중국보다 돈이 많이 드는 건 사실이라 여러 가지가 어려웠다.

기말고사 따위 제쳐 두고 우선 나는 여행 카페에 가입하고 여행 블로그들을 찾아내 공책에 정리까지 해 가면서 시간 가는 줄 모르고 읽었다. 한 군데에서 뭔가를 알게 되면 그것으로 끝나는 게 아니라 꼬리에 꼬리를 물고 다른 사이트로 뻗어 나가게 되어 공부할 것이 끝없이 이어졌다. 내 평생 이렇게 열심히 무언가를 탐구해 본 적이 없었는데 놀러 가기 위해서 폭풍 열공을 하다니 어이가 없으면서도 야릇한 보람이 느껴졌다.

그러다가 영국에서 유학하는 한인 학생들이 많이 사용하는 사이트 한 곳을 찾아냈는데 거기에서 아주 유용한 정보를 알게 되었다.

유학생들이 방학에 한국에 나와 있는 동안, 또는 여행이나 출장을 가게 되는 경우 방은 비워 두면서 방값은 고스란히 내야 하는 문제를 해결하기 위해 조건에 맞춰 필요한 사람에게 방을 빌려주는 것이다. 이미 빌린 방을 다시 빌려준다 하여 그 이름, 서브렌트.

여행을 하는 동안 내 방이 있다면 밥을 해 먹을 수 있으니(=라면을 끓여 먹을 수 있으니. 햇반을 데워 라면에 말아 먹을 수 있으니. 전기밥솥으로 밥을 지어 삼분카레에 비벼 먹을 수 있으니. 그밖에도 수많은 경우의 수가. 하하하.) 돈을 한결 절약할 수 있다. 형은 중국에서 벌레가 나오는 6인실 호스텔을 돌아다니면서도 밥은 사 먹을 수밖에 없고 가끔씩 빨래방을 찾아가야 하고 아주 가끔씩은 시설이 괜찮은 호스텔에 묵기도 하느라 적지 않은 돈을 썼다. 그런데 나는 그 모든 것을 방 하나로 다 해결하는 거다.

방을 구하려고 알아보면서 느낀 점은, 서울 역시 그렇지만 런던도 교통 편리하고 깨끗한 동네는 방값이 비싸고 5존, 6존 넘어갈수록 교통은 불편하고 치안도 불안하다는데 방값은 쌌다. 외국에서 치안이 좋지 않다 하는 게 어느 정도 수준인지 감이 잘 오지 않아 고민하고 있었는데 그건 아빠가 해결해 줬다.

"소매치기 수준이 아니야. 총 들고 덤빈다고. 3존 이상으론 가지 마."

힉, 총이라고요? 에이, 설마. 아이고야.

방은 '플랫'과 '스튜디오' 두 가지가 있었는데 플랫이라 하면 집 안에서 방 하나만을 빌리고 주방이나 욕실은 다른 방 사람과 공동으로 쓰는 형태이고 스튜디오는 우리로 치면 원룸 아파트 식인 것 같았다. 당연히 스튜디오가 더 비싸고 그렇다면 난 당연히 플랫으로.

자, 이제 3존 안에서 더블 말고 싱글침대가 있는 플랫을 찾아보는 거다.

방을 내놓은 게시판에 보면 방에 대한 설명뿐 아니라 창밖 전망이나 주방, 욕실 등의 사진을 여러 각도에서 찍어 올리고, '집에 고양이가 있어요.' 또는 '선탠을 할 수 있는 정원이 있습니다.' 등의 애기가 다양하게 적혀 있었다. 하지만 진짜 체크해야 하는 건, 수도, 전기, 가스 같은 세금이 렌트비에 포함되는지 아닌지, 주방을 사용하는 데에 시간제한이 있는지, 보증금이 필요한지 어떤지 같은 것들이라고 이미 배워 두었다.

마음에 드는 게시물 몇 개를 자세히 살펴보며 '세금 포함된 금액인가요?' 댓글을 달다가 얼른 'bill 포함인가요?'라고 고쳐 달았다. 뭐지, 이 뿌듯한 마음은? 흐흐.

두어 명 정도와 좀 더 자세한 문답들을 주고받으며 얘기가 진전되기도 했지만 그쪽에서 갑자기 아무 설명 없이 '죄송합니다.' 하며 연락을 끊어 버려 상황 종료 되기도 하고, 내가 어린 남학생이라는 걸 알게 되자 방을 더럽게 쓸 것 같아 싫다고 하는 대학생 누나도 있었다. 아니, 우리 집 청소를 다 하는 게 누군데 그러시나.

그러다 영국에서 대학을 나오고 런던 교외의 병원에서 연구원으로 일한다는 예지 누나를 알게 됐다. 누나는 크리스마스 휴가를 이용해서 친구와 프랑스로 여행을 간다고 했다. 내가 아직 고등학교 입학도 안 했는데 혼자서 아무 연고도 없는 런던으로 여행을 가는 거라고 하자 놀랍다고 칭찬을 해 주며 렌트비를 조금 깎아 주겠다고 했다.

- 멋져. 부모님도 아주 훌륭하시고.
- 감사합니다. 속사정은 그렇지도 않지만.
- 사람이 속사정까지 완벽할 수 있나.

쿨하고 멋진 누나였다. 여행을 같이 가는 친구는 남자 친구일까?

"페북 찾아봐."

때마다 끼어드는 내 영혼의 친구 원호.

"sns 안 한대."

"남자가 있네, 그것도 흑형으로. 엄마한테 들킬까 봐 조심하는 거지."

평생 여친이 없었는데 이제는 아예 남자 학교에 다니게 된 원호가 뭘 안다고 떠들었다.

"그나저나 너도 조심해라. 괜히 취향 특이한 흑누나가 귀엽다고 덤빌라."

"내가 헤르미온느같이 생긴 여자애랑 사진 찍어서 보내 주마."

"픽이나."

어쨌든, 그렇게 방을 구하는 큰일을 해결하고 나자 다른 준비들은 다 소소한 것들이었다.

런던 시내에는 엄청나게 많은 박물관과 미술관들이 있는데 그것들은 대부분 공짜다. 프리. 이름도 폼 나는 '국제학생증'이라는 것을 만들어 가면 공짜가 아니라 해도 엄청 할인을 받을 수 있다. 그러니 거기까지 가는 버스 번호나 전철역 이름만 알아 두면 되는데 그런 것들은 《런던의 모든 것》이라는 책 한 권에 다 나와 있다.

아침에 내(가 빌린) 방에서 편안히 일어나 팝송을 흥얼거리며 샤워를 하고 바나나 한 개와 우유 한 잔으로 가볍게 아침을 먹고 샌

드위치를 만들어 《런던의 모든 것》 책과 함께 가방에 담아 떠나기만 하면 된다. 하루 종일 어여쁜 금발 소녀들과 풋풋한 인연을 만들다가 집으로 돌아오는 길에 마켓에서 감자 몇 알과 양파 당근 등을 사 와서 카레를 만들어 먹고, 밤에는 영드를 보고 bbc 뉴스에서 내일의 날씨를 체크한 뒤 예지 누나의 향기가 배어 있는 침대에서 잠이 든다. 오, 판타스틱.

중 3의 마지막 기간이라 아이들은 기말고사 신경 쓰랴, 특목고나 자사고 입시 면접 준비하랴, 그게 아니더라도 고등학교 선행학습을 하며 뭔가 다들 비슷한 길을 우르르 걸어가고 있었다. 그런 무리들 곁에서 나만 홀로 외로이 《런던의 모든 것》을 열독하며 런던에서 당일치기로 다녀올 수 있는 옥스퍼드, 캠브리지 등을 탐구하고 있으니 마음이 달콤하기도 하고 씁쓸하기도 한 게 90퍼센트 다크초콜릿을 왕창 씹어 먹는 것 같았다.

어쨌든 두 발이 대한민국 땅 위에서 얼마쯤 둥둥 떠 있는 듯한 상태로 시간이 흘러흘러 나는 드디어 가족들의 격려와 친구들의 부러움을 등에 달고 런던행 비행기에 올라탔다. 아, 사실은, 런던행 비행기가 아니고 도쿄행 비행기였지만. 서울에서 런던으로 가는 노선 중 제일 싼 것을 고르다 보니 어쩔 수가 없었다. 내가 누군가. 비록 돈은 없지만 시간은 많은 대한민국의 스페셜 보이 최태서가 아닌가. 도쿄가 아니라 아프리카에 들렀다 간다 해도 싸게만 갈 수 있다면 나는 가겠네.

경유지인 도쿄에서 네 시간이나 뭉개고 있어야 했지만 공항 곳곳에서 일본어 자막을 깐 한국 드라마를 틀어 주어 지겹지 않게 시간을 보내고 다시 비행기에 탔다.

비행기를 탄다는 것, 게다가 승무원 누나가 갖다 주는 기내식에 환상을 갖고 있었지만 그것들은 막상 경험을 해 보니 별거 아니었다. 다리를 이쪽으로 구겼다가 저쪽으로 구겼다가 하면서 열 몇 시간을 보내는 건 솔직히 죽을 맛이었고, '나니까 이정도 하지 원호 그 자식 같은 하체비만이면 다리에 마비 오겠네.' 혼자서 비행기를 타고 가느라 그런지 원호 생각이 조금 났다. 대학 가면 같이 배낭여행 가자고 했는데. 둘이 가면 훨씬 재미있겠지.

영화 두 편을 연달아 보고 세 편째를 보려고 하자 관자놀이가 욱신거리며 절로 눈이 감겼다. 기절하듯 잠을 자고 일어나 속도 더부룩한데 또 밥을 먹고 재미도 없지만 또 영화를 보고 있으니 드디어 런던 히드로 공항이란다. 오예.

그런데, 비행기에서 내려 런던 땅을 밟은 나의 첫 느낌은 한마디로 멘-붕.

영어로 떠드는 시끄러운 소리와 낯선 도시의 냄새 등으로 머리가 들썩들썩 어리둥절하고 어디 한군데 의지할 곳이 없다는 느낌이 들었다. 피부색이 하얗고 꺼먼 것까지는 받아들이겠는데 머리칼 색깔마저 노랑, 주황, 회색 등 가지각색인 것은 참으로 내 정신을 혼란스럽게 만들었다. 아이고, 산만해라. 일단은 내 집으로, 아니 내 방으로 가서 발 뻗고 조용히 앉아 있고 싶었다. 예지 누나가 알려 준 대로 핸드폰 유심칩을 장착해서 네이버 지도에 접속하고 나자 마음이 조금 안정되긴 했지만.

엄청나게 더럽다는 것 빼고는 대강의 시스템을 이해할 만한 런던의 전철을 타고 나를 기다리고 있는 방을 향해 열심히 갔다. 그곳에 도착하기까지는 아직 런던에 제대로 도착한 게 아니라는 마음이 들 만큼 간절한 곳으로. 뚱뚱한 배낭에 짓눌려 구부정한 자세를 한 채 커다란 캐리어를 끌고 차가운 바람을 가르며 걸어가는 내 모습이 '도시에 온 시골쥐'처럼 느껴져 어색하기도 했지만, 그래도 여긴 런던이니까, 내가 드디어 런던에 왔으니까 고개를 들고 하늘을 보자.

…하늘은 우중충하고 회색이고 별다른 게 없구나.

아무리 서울 하늘하고 별다른 게 없는 하늘이라도 이곳은 런던이다. 얼떨결에 큰소리친 대로 나는 런던에 왔고, 여기엔 내 방이 있고, 그리고 무엇보다도 옆방에는 알렉스가 있다. 황갈색 머리칼이 아름다운 알렉스. 나를 향해 레몬보다 상큼하게 웃어 주는 알렉스.

알렉스 얘기를 하기 전에 방 얘기를 먼저 해야겠다.

뚜렷한 이유도 없는 불안함이나 두려움을 억누르고 열심히 캐리어를 끌고 방에 들어와 침대 위에 털썩 앉으니 그제야 내가 얼마나 헉헉대고 있었는지 알 수 있었다.

방은 사진으로 본 것보다 훨씬 좁았지만 침대와 책상, 옷장이 실용적으로 배치되어 있고 사이사이 스탠드나 벽거울 등이 예쁘고 깔끔해서 잡지에 나오는 방 같았다. 예지 누나가 말한 대로 책상 위에는 쓸 만한 정보들을 메모해 둔 것과 어설프지만 귀엽게 동네 지도를 그려 설명까지 덧붙여 둔 종이도 있었다.

우선 집에 전화부터 걸었는데 내가 입을 떼자마자 흥분한 듯 높은 톤으로 올라가는 엄마 목소리를 들으니 괜스레 마음이 울컥했다.

"태서야, 잘 도착했어? 방에 들어갔어? 다 괜찮아?"

"그럼. 잘 왔지. 지금 침대에 누워서 전화하는 거야. 하하하."

"어유, 잘했어. 장하다, 우리 아들."

"장할 게 뭐 있어? 비행기 내려서 전철 타고 집에 온 건데."

"아유, 우리 아들, 다 컸네. 무슨 일 있으면 전화해. 밥도 잘 먹고."

"걱정하지 마. 나 없어서 아빠는 밥 어떡하나 그게 걱정이네. 하하하."

"그러게. 우리 작은 아들이 완전 살림꾼인데."

예지 누나에게 보내야 하는 방값 잔금 얘기를 하다가 아빠는 나보고 돈 걱정 하지 말라는 얘기도 해 줬다.

"돈도 돈이지만 니가 거기에서 지내는 시간은 다시는 살 수 없는 거잖아. 필요한 거 있으면 돈 아끼지 말고 쓰고, 밥도 잘 먹고 다니고. 오케이?"

"오케이."

전화를 끊고 나니 쪽팔리게도 눈물이 나올 것 같아 얼른 원호에게 카톡을 보냈다.

> 형님 런던에 도착하심. 수학이나 빡공하고 있어라. 형님은 인생 공부 좀 하다 갈 테니.

기다리고 있었던 듯 얼른 답을 주는 원호.

> 잘 도착했냐? 영어 안 돼서 바디랭귀지 열라 써야 될 테니 스트레칭 좀 많이 해 둬라.

> 내가 영국 영어 스탈이었네. 발음이 귀에 쏙쏙 들어옴.

> 놀고 있네. 형님 선물 잊으면 죽음.

> 옆집 캐이시랑 같이 가서 적당한 걸로 하나 사 주지.

> 옆집 캐이시는 기저귀 차는 애기라는 거에 내 손목을 걸겠다.

헉, 예리한 새끼. 어떻게 알았지? 아까 열쇠 받으러 갔을 때 보니 캐이시는 얼굴이 빵처럼 동그랗고 연한 갈색의 주근깨가 가득한 꼬마였다.

한숨을 돌리고 나서 이제는 집 전체를 둘러보려고 방 밖으로 나갔다.

이 집은 좁다란 2층짜리 주택인데 아래층에 방 하나와 주방, 거실이 있고 나무로 된 좁은 계단을 올라오면 방 두 개와 욕실이 있다. 나는 2층 제일 안쪽의 방을 쓰는 거다. 옆방에는 사람이 있는 것 같은데 문이 꼭 닫혀 있어 알 수가 없었고, 아래층 방에는 아무도 없는 것 같았다.

주방엔 냉장고가 두 개 있는데 예지 누나 자리는 좀 더 큰 냉장고의 윗부분 두 칸이라 했다. 아래쪽 두 칸은 엄청난 육식주의자가 쓰는지 햄, 베이컨, 랩에 싸여 있는 고기 같은 것들이 우르르 놓여 있었다. 싱크대 서랍에 있는 조리도구 같은 건 모두 공동으로 쓰는 거고, 찬장은 냉장고처럼 각자의 자리가 정해져 있다. '예지'라는 이름표가 붙은 곳을 열어 보니 신라면과 태양초 고추장, 양반김이 들어 있었다.

거실은 달리 뭐라고 부를 만한 단어가 없어 거실이라 하는 건데 사실은 호텔로 치자면 로비 같은 곳이랄까, 이 집 전체의 안내 센터 같은 공간이다. 작은 테이블 위에는 우편물이나 잡지가 놓여 있었고 전기 드라이버, 망치 등이 들어 있는 커다란 상자와 우산꽂이가 어수선하게 놓여 있는 가운데 어울리지 않게 커다란 유화 액자도 하나 걸려 있었다.

집 안에 있는데도 신발을 신은 채로 걸어 다니니 어색하기도 하고 발이 답답하기도 했다. 신발을 벗고 양말만 신고 있으면 안 되는 걸까, 생각하면서 집 안을 둘러보고 있는데 2층에서 소리가 나더니 누군가 방문을 잠그고 쿵쿵쿵쿵 발소리를 내며 계단을 내려온다.

맨 처음 눈에 띈 건 와인색 가죽바지를 입은 기다란 다리. 그 다음엔 진하고 화려한 눈 화장, 이어서 황갈색 머리칼이 어깨 위에서 구불구불 파도치며 빛나는 게 보였다. 검은 무스탕 재킷을 입고 그 위에 향수 냄새를 한 겹 더 휘감은 여자가 나를 향해 다가오고 있었다.

"하이."

"하이."

"새로운 플랫메이트구나?"

"맞아."

"반가워. 난 알렉스야."

"반가워. 난 태서야."

"탯, 써?"

"태서. 최. 태. 서."

눈은 파랗고 머리는 노랗고 무지개처럼 현란한 향수 냄새를 뿜어 대는 여자랑 영어로 대화를 하려니 여기 서 있는 몸이 내 몸이 아닌 것 같고 지금 움직이는 것도 내 입이 아닌 것 같았다. 나는 얼른 주머니를 뒤져 지갑에 꽂아 둔 국제학생증을 보여 줬다. Taeseo,

Choi. 뽀샵 처리가 되어 사진도 아주 잘 나왔군.

"오, 타쎄오. 타쎄오 초이. 반가워."

알렉스가 줄리아 로버츠보다 시원하게 웃음 짓더니 내 어깨를 한 번 잡아 주고는 나중에 보자며 집을 나섰다. 그렇게 그녀와 처음 만났다. 그리고 오늘까지 사흘이 지나는 동안 나는 이제 알렉스의 플랫메이트 타쎄오로 새롭게 태어난 거다. 음하하하.

전에 한인유학생 사이트에서도 그랬고 예지 누나하고 메일을 주고받을 때에도 그랬는데, 플랫이라는 게 같은 집 안에서 각자 방만 따로 빌리고 다른 공간들은 공동으로 쓰는 거라 불편할 수도 있다고, 하지만 플랫메이트들이 워낙 서로 관심도 없고 지나가다 마주치면 인사나 할 뿐 상관하는 일이 없어 신경 쓸 필요가 없다고 했다. 나도 그렇게 생각하고 왔다. 그런데 이게 웬일. 알렉스가 나에게 보여 준 관심과 친절은 고마움을 넘어 놀라울 지경이다.

런던에 도착한 첫날 외출하는 알렉스와 잠깐 만나 이름만 익히고 헤어진 뒤 나는 지쳐서 쓰러져 자느라 그녀가 언제 들어왔는지, 아래층 사람은 어떻게 생긴 사람인지 알 겨를이 없었다. 다음 날 정오가 되도록 잠을 자고 느지막이 일어나니 그제야 내가 런던에 왔다는 게 실감이 났다. 우리 집도 아닌 곳에서 샤워를 하고 주방에 들어가 라면이라도 끓여 먹으려니 왠지 눈치가 보여 쭈뼛쭈뼛 바깥 분위기를 살펴봤는데 알렉스의 방도 그렇고 아래층 방도 문이 굳게 닫힌 채 아무 소리도 없었다. 시간이 늦었으니 모두들 어디론가 나갔겠지 싶어 그제야 마음을 놓고 이래저래 움직여 챙긴 다음 밖으로 나갔다.

전철역으로 가 우리의 교통카드 같은 오이스터카드까지 만들고 나니 진정한 런더너가 된 것 같아 자신감이 샘솟았다. 어제와 똑같이 흐린 하늘에 단순히 기온이 낮은 것만이 아니라 뭔가 몸속 깊숙한 곳까지 찬바람이 스며드는 이상한 느낌의 추위였지만 하룻밤 사이에 내 기분은 반환점을 돌아 상승곡선을 타며 서서히 날아오르고 있었다. 좋아, 런던의 모든 것을 내 안에 담아 가 주겠어.

그렇게 처음으로 가 본 곳은 내셔널갤러리 앞 트라팔가 광장.

여행객과 지린내와 비둘기가 가득한 그곳에서 사진도 찍고 위풍당당하게 걸어 빅벤, 웨스트민스터대수도원, 템스 강을 건너 런던아이가 빙글빙글 돌아가는 곳까지 갔다. 역시 유럽에 오길 잘했지. 아시아에서는 느낄 수 없는 문화와 예술의 향기가 온 도시에 가득하잖아.

초반부터 너무 무리해서 몸살 나면 안 되니 워밍업 슬슬 ^^

엄마의 카톡을 받고 그제야 정신을 차려보니 다리가 많이 아팠다. 오늘은 이쯤 하고 장이나 봐서 집에 가자. 마실 물도 사야 되고 식빵, 계란, 쌀은 일본쌀이 적당하다고 예지 누나가 그랬지. 당장 필요한 것들을 조금씩 샀는데도 배낭에 한가득해서 낑낑 짊어지고

가노라니 등짝에서 땀이 났다. 사람이 먹고 산다는 게 장난이 아니구나. 떠나지 않은 자는 알 수 없는 삶의 무게여.

삶은 무겁기도 하지만 아름답기도 하여서 집에 도착하니 어제처럼 완벽하게 차린 알렉스가 주방에서 무얼 하고 있다가 나를 향해 햇살처럼 환하게 웃어 준다.

"하이, 타쎄오."

"하이, 알렉스."

"어딜 다녀오니?"

내가 하고 싶었던 말은 : "내가 런던에 온 이유인 내셔널갤러리에 다녀왔어. 나는 문화 예술을 사랑하거든."

그러나 내가 한 말은 : "트라팔가 스퀘어."

심플하기도 하지. 영어를 못하니 졸지에 몹시도 과묵한 남자가 될 것 같다. 그래도 내 마음을 다 이해해 주고 눈을 크게 뜨며 밝은 표정을 짓는 알렉스.

"오, 트라팔가 스퀘어. 내셔널갤러리도 봤어?"

'당근이지. 내가 갤러리와 뮤지엄 실컷 보려고 런던에 온 사람이야.' "응."

"먹을 것들을 사 왔구나. 어디에서 샀어? 가까이에 테스코가 있는데. 테스코는 괜찮은 마켓이야."

'나도 알아. 예지 누나가 알려 줬어.' "맞아. 거기 갔었어."

"잘했네. 어려운 게 있으면 나한테 물어봐. 내가 도와줄게."

'오, 정말 고마워.' "그래."

"넌 어디에서 왔니?"

'한국에서 왔어. 물론 남한이지. 하하하.' "한국."

"오, 한국? 나는 아시아를 좋아해. 아시아는 아름다운 곳이야."

'그렇게 말해 주니 기쁘네. 아시아에서 어디 가 본 곳 있어?' "맞아."

"난 조금 이따가 @#$%&에 갈 거야. 나는 @#$%&야."

'뭐라고? 내가 영국 영어에 익숙지 않아서 제대로 못 들었네. 미안.' "다시 한 번만. 난 영어 실력이 좋지 않아."

"아니야. 너 영어 잘하는데?"

'고마워. 넌 참 친절하구나.' 바보 같은 표정으로 어깨만 움찔움찔.

"나는 이제 일하러 갈 거야."

'아, 그렇구나. 무슨 일을 하는데?' "오. 좋아."

"수요일은 쉬는 날이야. 네가 원한다면 수요일에 집에서 가까운 @#$%& 히쓰에 데려가 줄게. 아주 아름다운 곳이야."

'히쓰라면 황야? 뭐, 뒷동산 같은 곳인가 보지? 나야 물론 좋지. 너와 함께라면 어디라도 아름다울 것 같아.' "오. 좋아. 고마워."

"좋아? 그럼 내일모레 수요일에 같이 @#$%& 히쓰에 가자."

'기대되는걸.' "그래."

그렇게 바보천치 같은 대화를 나눈 게 월요일 오후.

그리고 어제 화요일엔 세인트폴 대성당 꼭대기까지 걸어 올라갔다 내려오느라 후들거리는 다리를 간신히 끌고 돌아오는 길에 역시나 여신 같은 모습으로 외출하는 알렉스를 문간에서 만났다. 그러고 보면 알렉스는 오후 대여섯 시쯤 나가서 한밤중이나 새벽녘에 돌아오는 것 같았다. 어제는 시간이 없었는지 바쁘게 지나치며 별다른 대화는 없었지만 나를 향해 한쪽 눈을 찡긋- 하며 윙크를 하는데, 오 마이 갓, 그 모습이 어찌나 자연스럽고 깜찍한지 혼자 저녁밥을 먹으면서도, 세수를 하다가도, 침대에 누워서도 문득 심장이 쿵쾅쿵쾅 빠르게 뛰었다.

여자가 남자에게 윙크를 한다는 건 무슨 의미일까? 나를 좋아하는 게 아닐까? 뭐, 꼭 남자로서 나를 좋아한다거나 사귀고 싶은 건 아니더라도 호감이 있는 것만은 분명하잖아. 아, 중학교 때 여자애들을 더 많이 사귀어 보고 뽀뽀도 해 봤어야 하는 건데. 그래도 형이나 원호보다는 내가 여자에 대해 훨씬 많이 아는 편이긴 하지. 친척들 중에서 특이하게도 형보다 나를 좋아해 주는 이모할머니가 계신데 그분이 늘 말씀하시길, 형은 범생이라서 잘돼 봐야 교수 정도인데 나는 호탕해서 사업 크게 하고 연애도 잘할 거라고 하셨다. 역시. 그런데 서양 여자들은 남녀 관계에서도 무지 솔직하고 적극적이라던데, 그렇담 나는 어떻게 해야 하지? 아, 근데 알렉스는 나이가 몇이지? 내가 알렉스보다 키 작을 것 같은데 외국 여자들은 그런 거 상관 안 하나? 알렉스랑 사귀려면 내가 런던으로 오는 게 나을 것 같은데 어떡해야 되지? 아무래도 나는 큰물에서 놀아야 되나 보다. 내가 알렉스랑 결혼한다고 하면 엄마 아빠는 뭐라고 할까? 크크크.

이름 모를 히쓰에 가려고 주방 식탁에 앉아 이런저런 공상을 하며 알렉스를 기다리는데 그때 내 눈앞에 나타난 넌 누구? 알렉스를 닮은 어떤 남자?!

"하이, 타쎄오."

"어, 하이, 어⋯."

"하하, 무슨 일 있어?"

"어, 너는, 너는⋯."

"오, 너 진짜 알렉스를 처음 보는구나. 이게 나야."

키가 크고 몸매가 늘씬하고 얼굴은 조그마한데 눈은 커다랗고 속눈썹이 볼에 그림자를 드리울 정도로 빽빽한 게 참 예쁜, 구불거리는 황갈색 머리를 하나로 질끈 묶고 역시나 황갈색 수염이 듬성듬성한, 남자 알렉스!

"너는, 남자?"

"아름다운 알렉스가 완벽했군."

"?"

"내가 @#$%&에서 #@$% 하는 #$%*@라고 했잖아."

"으응?"

"나는 배우라고. 연극. 예술가."

"아하. 그렇군. 좋아." '이런 젠장. 이런 미친!'

"요즘 #$%&@*라는 작품을 하고 있거든. 연극 좋아하면 보러 와."

"그래." '별로 그러고 싶지 않아.'

"네가 날 보러 와 주면 기쁠 것 같아."

"어, 그런데, 혹시 그 연극, 에로틱한?"

"무슨 뜻이지?"

'그러니까 내가 아직 미성년자라서 말이야. 문득 생각해 보니 야한 내용이 많을 것 같아서. 물론 난 그런 걸 좋아하지만 네가 여자 분장을 하고 있었던 걸 생각하니 어쩐지 좀 두려워지는걸.' "어, 글쎄, 나는, 소년이야."

"네가 아직 소년이라고? 너 몇 살인데?"

"열여섯." '한국 나이론 열일곱이야. 물론 정신연령은 스물이 훨씬 넘었지만.'

"오 마이 갓. 미안해, 정말 미안해. 나는 네가 스물여섯 살은 된 줄 알았어."

그러고 나서 이어진 알렉스의 말은, 그녀가, 아니, 그놈이 미친 듯이 말을 빨리해서 제대로 알아듣지 못했지만, 대강의 뜻은 다음과 같다(고 생각한다).

그러니까 그놈은 내가 스물여섯 살쯤 된 줄 알았고, 허 참, 내가 어디를 봐서! 그리고 나처럼 조용하고 수줍음 많은 동양 남자를 좋아한다고. 그래, 영어 좀 못한다고 부끄러워했던 내가 잘못이지, 내가 못난 놈이다 그래! 그래서 오늘도 데이트 신청한 건데 정말정말 미안하고, 자기가 하는 연극은 절대로 보러 와선 안 된다고 했다. 오 마이 갓. 엄마야. 세상에나.

하고 싶은 말은 너무나 많았지만 한국말로 하려 해도 기가 막혀서 말이 잘 안 나올 지경인데 영어로 하려니 코까지 막혀서 더욱 말이 안 나왔다. 나는 그저 바보스러운 표정으로 연신 웃으면서 알았다고, 이해한다고, 괜찮다고 했다. 그리고 오늘 컨디션이 좀 좋지 않아 피크닉은 취소했으면 좋겠다고 했더니 알렉스도 이해한다고, 괜찮다고 하며 자기 방으로 돌아갔다.

주방 식탁에 멍하니 앉아 한 번도 열린 적 없는 1층 방문을 바라보고 있으려니 저 방에는 또 얼마나 놀라운 플랫메이트가 있을지 궁금해졌다. 아무리 예쁘고 섹시한 플랫메이트가 윙크가 아니라 손키스를 날린다 해도 내가 이제 눈 하나 꿈쩍하나 봐라. 런던에 온 지 사흘 만에 이런 경험을 하다니 참으로 떠나 보지 않은 자는 결코 알 수 없는 세상의 뒷골목이여.

문득 내 친구 원호의 넙대대한 얼굴, 여드름을 가리겠다고 앞머리를 죄 쓸어내려 한층 더 답답해 보이는 못생긴 그 얼굴이 참으로 보고 싶었다.

아, 내가 원래 여행 안 좋아한다 했잖아. 그냥 집에서 공부나 하고 있을걸. 그냥 집에 있을거어얼.

작가의 말

음침한 비밀이 있고 어두운 상처가 있는 얘기를 많이 썼는데 어쩌다 보니 이렇게 밝고 명랑한(?) 분위기의 작품을 쓰게 됐다. 공부도 어렵고 친구 관계도 힘들고 사는 게 피곤한 청소년들에게 '예능 프로' 같은 소설을 읽게 해 주고 싶었나. 공감해 주고 같이 아파하는 것도 필요하지만 단지 편안한 마음으로 킥킥 웃게 해 주는 것도 좋은 일이니까.

옆에 있던 아들이 한마디 한다. "웹툰보다 재밌게 해 줄 수 있어?"

흠, 그렇군. 이래서 소설가들의 마음이 어두워지고 그러다 보니 소설들도 어두워진다.

청소년들아, 작가들에게 용기를 다오. 웹툰만 보지 말고 소설을 읽어 주렴. 우리도 더 노력해 볼 테니. 응?

폭탄유랑기

주원규

장고가 처음 그 글을 적었을 때였다. 반 아이들 누구도 그 글을 거들떠보지 않았다.

장고는 그랬다. 녀석은 아침 조회 시간 칠판 앞으로 걸어 나와 보드 마카를 손에 쥐곤 한 문장을 큰 글씨로 적은 뒤 단 한 번 소리 내어 읽었다. 벽면 전체를 차지한 크고 강한 필체가 인상적이었다.

폭탄유랑기 함께할 사람, 인류를 구할 영웅 구함

졸업식을 한 달 앞둔 중학교 3학년 교실, 한마디로 엉망진창이다. 모든 것이 어수선하고, 누구도 쉽게 마음을 잡지 못했다. 특수고 진학을 준비하는 이들 몇 명이 특별전형을 준비하는 것 외에 고등학교 진학과 배정이 결정된 아이들에게 당연히 수업은 뒷전이었다. 그렇다고 완전히 막 나가지도 못했다. 고등학교 진학이 예정되었다는 건 아이들에게 막연한 부담이 되었기 때문이다. 더 살벌한 경쟁이

입 딱 벌리고 기다리는 고등학교. 그 부담감이 강하게 작용한 것일까. 아이들은 맘 놓고 공부하는 것도 아니지만 드러내고 놀지도 못했다.

애매한 시간이 계속되던 어느 겨울날이었다. 아이들 틈에 끼어 어울릴 생각도 없고 어울릴 가능성도 아예 없는 뒷좌석의 괴물 장고가 느닷없이 칠판에 적은 것이다. 폭탄유랑기를 떠나자고. 영웅이 되자고.

장고의 제안에 대한 아이들의 반응은 차가웠다. 차갑다 못해 녀석들은 지겨워했다. 폭탄유랑기가 무슨 뜻인지 모르는 탓도 컸다. 게다가 장고가 같은 반 친구인지도 모르는 이들이 대부분이다. 장고는 잘생긴 것도, 아예 못생긴 것도 아니다. 공부도 중간, 가정 형편도 중간 정도라 선생들마저 대놓고 꾸짖거나 격려하지도 않았다. 가끔, 아주 가끔 황당한 질문을 던지곤 해 선생님을 당황스럽게 했지만 그런 걸로 장고를 주의 깊게 보는 경우는 없었다. 장고는 그랬다. 반 아이들, 선생님들, 심지어 담임 선생조차 녀석을 기억하지 못하는, 아니 애써 기억하고 싶지 않은 사차원 아이가 바로 장고였다.

한없이 우스운 장고의 존재감 때문이었을까. 장고의 폭탄 제거와 인류 구원 계획은 아이들의 황당한 코웃음 몇 번으로 우습게 증발되었다. 하지만 장고의 말을 반 아이들 모두가 우습게 생각한 건 아니었다. 장고의 말을 끝까지 주의 깊게 듣는 두 명이 있었다. 두 녀석 역시 장고와 자웅을 겨룰 정도로 미약한 존재감의 소유자들이었다. 명구와 윤호가 그랬다.

명구는 어릴 적부터 소아비만 앓은 티를 팍팍 내는 고도비만 청소년이었고, 윤호는 정반대로 나무젓가락처럼 마르고 유난히 긴 얼굴을 가진 친구였다.

명구와 윤호가 이른바 장고가 제안한 폭탄 제거 여행을 떠나기 위한 오디션에 참가했다. 장고는 폭탄 제거 여행은 아무나 맘먹는다고 쉽게 떠날 수 있는 게 아니라며 으름장을 놓았다. 녀석은 일정 자격을 갖춰야 한다며 오디션의 이름을 띤 담력 훈련을 제안했다. 오디션에 통과하지 않으면 여행 동참은 어렵다고 못을 박았다. 하지만 거창한 장고의 말과 다르게 둘 외에 폭탄유랑기에 관심 갖는 이는 아무도 없었다. 결국 장고는 방과 후 저녁, 명구와 윤호, 둘에게만 폭탄유랑기의 참된 목적을 힘주어 말했다.

- 이건 말이야. 말 그대로 인류를 구원하기 위한 거야. 인류는 이제 멸망 직전이야. 장난 아니야. 나 대박 진지해.
- 너무 거창해.

고도비만 명구가 볼멘소리로 말했다. 하지만 장고는 명구의 반응 따윈 신경 쓰지 않고 자신의 말을 계속 이어 갔다.

- 좀 더 자세히 말해 줄까? 우리가 시간을 조금만 지체하면 이 한국 땅은 완전히 불바다로 변하고 말 거야. 하루라도 빨리 폭탄을 없애지 않으면 한국뿐만 아니라 인류 전체가 망한다고. 그러니 그 전에 인류를 구해야 돼.

인류 구원 어쩌고저쩌고 하는 황당한 말이 명구와 윤호의 귀에 제대로 들릴 리 없었다. 그럼에도 둘이 이렇게 방과 후까지 교실에 뭉개는 이유는 분명했다. 장고가 평소에도 입버릇처럼 중얼거리던 '형' 때문이다. 더 정확히 말하면 '형'이 제시하는 비전이겠지.

명구와 윤호는 '형'을 한 번도 본 적이 없었다. 오직 장고의 말에만 의존해 형을 상상할 뿐이었다. 명구와 윤호가 교실 맨 뒷자리에 상처 입은 곰처럼 앉아 있던 장고를 교통카드 충전을 위해 편의점 찾듯 찾은 이유도 녀석이 말하는 '형' 때문이었다.

그런데, 명구와 윤호에겐 장고를 찾을 수밖에 없는 다른 이유가 있었다.

장고는 대놓고 존재감 제로인 녀석이지만, 명구와 윤호도 존재감 낮은 걸로 따지면 둘째가라면 서글펐다. 남녀합반인 중학교에 재학 중인 수많은 중2병 녀석들이 이성을 대하는 우선순위는 단연 외모일 수밖에 없는 현실. 현실의 높은 기준에 고도비만 명구와 말라깽이 윤호는 못 미쳐도 한 참 못 미쳤다. 그래서일까. 자연스럽게 왕따를 경험하게 된 명구와 윤호. 둘은 서로의 눈치를 보며 행동을 같이 했다. 둘이 붙어 다니는 걸 본 아이들은 별 고민 없이 두 녀석을 폭탄형제로 불렀다. 기준 미달의 두 중딩의 허접한 결합이라고 놀려 대며. 명구와 윤호는 둘이 끼리끼리 어울린다는 말이 죽기보다 싫었다. 그래서일까. 둘은 반에서 스스로 왕따이기 자처한 장고를 찾게 된 것이다. 셋이 어울리면 적어도 왕따 소리는 듣지 않을 것 같아서였다.

그런데 장고는 언제나 '형' 이야기만 했다. 가랑비에 옷 젖는다고 했던가. 어느 순간부터 명구와 윤호는 장고가 들려주는 '형' 이야기에 중독되고 있었다. 장고가 말하는 '형'의 예언이 꽤 심상치 않았기 때문이다.

폭탄을 제거해야 한다고. 전국 방방곡곡 찾기 힘든 곳만 골라 매설된 폭탄 제거 명령을 감당해야 한다고 말이다.

판타지 속 인물과 같은 '형'이 장고에게 인류 구원의 사명을 남겼다는 말을 명구와 윤호는 도저히 믿을 수 없었다. 장고의 유일한 대화 주제인 '형'에 대해 아는 정보라곤 아래에 열거된 내용이 고작이었기 때문이다.

장고의 말에 의하면 '형'은 멘사 회원 저리 가라 할 정도의 천재였다. 거기에 맘만 먹으면 반나절에 여자 친구 백 명 넘게 만들 수 있는 비주얼 갑이며, 천문학적 돈을 가진 재벌 3세이기도 했다. 하지만 '형'은 누가 봐도 엄친아를 닮은 어드밴티지를 전혀 사용하지 않았다. '형'은 자신에게 주어진 스펙을 사회와 인류를 위해 공헌하고 싶다고 말하며 겸손해했다. 장고는 그런 식으로 '형'을 찬양했다. 말하던 내내 장고의 눈시울은 뜨거워 보였다.

그 '형'이 한국 사회에 닥쳐올 엄청난 위기를 장고에게 들려주었다. 천안, 강릉, 대구, 통영, 부산 등. 전라도, 경상도, 강원도 가리지 않고 엄청난 화력을 보유한 폭탄이 매설되어 있다는 말이 그것이었다. 장고는 누가 폭탄을 설치했느냐고 형에게 물었다고 했다 하지만 '형'은 어둠의 세력에 대해선 말을 아꼈다. 대신 폭탄의 존재유무를 알고 있는 이들이 폭탄을 제거하지 않으면 폭탄은 누구도 예상치 못한 순간 동시다발적으로 터질 것이며, 결국 대한민국은 멸망할 거라고 예언했다.

이후 장고는 '형'이 자신에게 폭탄을 제거할 수 있는 폭탄제거기술을 전수해 주었다고 말하며, 자신과 함께 일명 '폭탄유랑기'에 동참하면 영혼 없는 사회봉사 1,000시간, 10,000시간 하는 것보다 훨씬 의미 있는 일이라고 힘주어 말했다.

글쎄. 이 어처구니없는 유랑기에 엄청나게 마른 몸만큼이나 순진한 윤호는 넘어갔을지 몰라도 명구는 여전히 뚱한 표정이었다. 명구는 비만의 몸이 부담인지 육수를 닮은 굵은 땀방울을 뚝뚝 떨어뜨리며 의심 섞인 눈길로 장고를 바라봤다.

명구의 의심을 확인한 장고가 짧은 한숨을 내쉬었다. 그리고 그것을 보여 주고야 말았다. 그것은 명구와 윤호가 이 어처구니없는 유랑기에 함께할 수밖에 없는 증거였다.

　의심엔 확실한 증거가 약이다. 그것도 만병통치약.

　장고는 명구와 윤호를 어둠 속 쓰레기 분리수거장으로 데리고 갔
다. 그곳에서 기괴한 물건 하나를 꺼내 보였다. 장고는 담력 훈련을
시작하는 거라고 했다. 각종 파철과 볼트, 너트 조각들이 아무렇게
나 용접되어 있는 고철 뭉치였다. 장고는 그것을 창고 천장 위에까
지 쌓아 올린 폐자재 박스 더미 틈새에 밀어 넣었다. 이를 지켜보던
명구가 궁금증을 참지 못하고 물었다.

　- 뭐야? 뭐냐고?

　장고가 퉁명스럽게 답했다.

　- 폭탄이야. 너희들이 믿지 않으니 한 번 제대로 보여 주는 수밖에.

　장고는 자신이 뱉은 말을 실행에 옮기는 데 한순간의 망설임도
없었다. 리모컨 차 키를 교복 호주머니에서 꺼낸 녀석. 이후 리모컨
버튼을 가볍게 한번 터치했다. 버튼 한 번 지그시 눌렀을 뿐이다.
하지만 그 순간 굉음이 터져 나오며 엄청난 가루 먼지가 일어났다.
순간 명구와 윤호가 깜짝 놀라 몸을 바닥에 숙이고 두 손으로 머

리를 가렸다. 갈기갈기 찢겨 나간 골판지 박스 먼지가 둘의 머리 위로 오염된 눈이 되어 한가득 쌓였다.

'진정 현실일까.' 하는 생각이 윤호의 머릿속을 어지럽게 떠돌 즈음이었다. 그 순간, 리모컨을 손에 쥔 장고는 그 전능하고 신비로운, 예언자와 같은 '형'의 대변인이었다. 그때 윤호와 명구는 강한 믿음을 가졌다. 이걸 보고도 폭탄유랑기에 참여하지 않을 중학생은 아무도 없다는 사실을.

  - 우리 형은 결코 손해 보는 미션을 주지 않아. 우리가 이 미션을 깔끔하게 마무리하기만 하면, 그렇게만 하면 형은 앞으로의 미래를 책임져 줄 거야. 우린 형만 믿으면 돼. 알지?

명구네 집이 중국집, 그것도 전국에 체인점을 둔 중국요리전문점을 운영한다는 점이 이번 여행에 도움이 될 것을 장고, 아니 장고가 찬양하는 '형'은 이미 알고 있었던 걸까. 장고가 '폭탄유랑기'를 떠날 수 있게 된 결정적 동기는 바로 명구가 자신의 집, 그것도 아빠 방에서 목숨 걸고 아빠 지갑을 쌔빈 공로가 있기 때문이었다. 카드시대라고는 해도 아빠의 지갑엔 카드 대신 신사임당 지폐가 두둑이 들어 있었다. 명구는 아빠 돈을 훔치는 게 영 미안하고 맘에 걸렸던지 나중에 잡히면 죽을 걸 알면서도 카톡에다 다음의 한마디를 남기고 도망쳐 버렸다.

[아빠. 사회봉사 10,000보다 이게 훨 낫대.]

아빠는 과연 장고의 '폭탄유랑기'를 이해할 수 있을까. 아니, 아빠까지 갈 필요도 없다. 그건 명구 자신의 질문이었다. 아빠 지갑에서 꺼낸 오십여 만 원 가까이 되는 돈으로 가장 먼저 부산을 찾은 장고가 말도 안 되는 이유로 오만 원이 훌쩍 넘는 광어회를 먹을 때부터 명구는 불길한 느낌을 지울 수 없었다. 물론 장고의 부산행 선택 이유는 그럴싸했다. '폭탄을 제거하는 일은 보통 예민한 일이 아니야. 온 신경을 집중시키지 않으면 엄청난 살상력을 가진 폭탄을 제거하는 일은 불가능해.' 거기에 장고는 썩 대단한 의미를 담은 한마디를 부연했다.

- 형이 약속했어. 이번 일 제대로 해내면 우리 대학도, 미래도 책임져 준다고. 형을 믿어. 그때 봤잖아. 폭탄 터지는 거. 이거 장난 아니야. 진짜라고.

명구의 구박 대상은 주로 윤호였다. 속도와 효율을 중시하는 아빠의 가르침을 일찌감치 전수받은 명구의 눈에 볼 때, 윤호는 대체 왜 따라다니는지 몰랐다. 폭탄을 제거하는 주인공은 누가 뭐래도 장고다. 장고가 폭탄이 있는 곳을 그 정체불명의 '형'의 가르침을 따라 추적한 다음 고도의 집중력을 모으고 모아 - 이건 순전히 장고의 주장이다. - 폭탄을 제거하는 엄숙한 사역을 주도했다. 이러한 과정에 윤호는 불필요 잉여였다. 아무 쓸모도 없어 보이는데도 밥도 똑같이 먹고 잠도 같은 곳에서 자야 했으니 명구로선 짜증이 밀려올 수밖에 없지 않겠는가.

중딩의 여행에서 가장 힘든 건 잠을 자는 일이다. 여관에 가기고 그렇고, 러브호텔은 더더욱 난처하다. 유스호스텔이나 게스트하우스는 미리 예약을 해 둬야 하는데 장고의 폭탄유랑기는 행선지 변덕이 너무 심해 예약 자체가 불가능했다.

호텔을 잡는 것도 이상한 노릇. 이 상황에서 셋은 모텔을 이용하는 수밖에 없었다. 그런데 여행 비용이 전부 명구 몫이다. 명구가 가장 잘사는 집 아들이란 이유 때문이다.

명구의 짜증은 유랑기 4일째 되던 날 폭발했다. 폭발 대상은 장고가 아니라 윤호였다. 명구의 눈에 볼 때 윤호는 어디에도 쓸모없는 잉여청소년이었다.

폭탄유랑기 4일째. 그동안 장고는 대한민국 이곳저곳을 미친 말처럼 뛰어다녔다. 부산에서 천안, 천안에서 정선, 정선에서 봉화마을, 봉화마을에서 하동, 하동에서 안동, 안동에서 연천, 그리고 연천에서 대구로. 기준도, 원칙도 없는 폭탄유랑기는 어디로 튈지 모를 탁구공 같았다.

장고는 명구의 여행 경비, 더 정확히 말해 프랜차이즈 중국요리

전문점을 운영하는 명구 아빠의 돈을 물 쓰듯 써 대며 폭탄을 제거했다. '폭탄을 제거했다.'는 마지막 문장만 놓고 보면 장고를 충분히 이해할 수 있다. 장고 역시 위대한 '형'의 가르침을 받아 움직이는 것이므로 예상된 행선지를 갖고 있는 게 아니며, 폭탄을 제거하는 예민한 작업을 성실히 수행하기 위해 맛난 것을 찾아 먹는 것뿐이니 장고를 타박하면 안 되는 것이다. 그래서일까. 불만, 짜증을 몸에 가득 달고 다니는 명구에게 걸려든 짜증의 표적은 윤호였다. 그럴 때마다 윤호는 꿀 먹은 벙어리처럼 별말 하지 못하고 가만 있는 것 외에 대항할 수 있는 게 없었다.

유랑기 4일 동안 명구는 온 정신을 집중해 폭탄을 제거했다고 자화자찬하는 장고를 늘 의심스럽게 지켜봤다. 정말이지 명구는 의심스러웠다. 장고가 폭탄을 제거했다고 말하는 과정을 보면 이게 과연 폭탄을 제거한 건지 확신하기 어렵기 때문이다.

폭탄을 제거하기 위해 장고가 찾는 곳은 끝내주게 지저분한 곳이었다. 지방 곳곳 여행도 다니고 맛난 것도 먹는 건 그런대로 잡념을 잊을 수 있어서 좋았다. 하지만 장고가 형의 지령을 받아 찾아다닌 곳은 코를 막지 않으면 안 될 정도로 냄새나는 곳이었다. 사람들이 먹다 버린 쓰레기가 무단 투기된 공터 뒤편, 오래전 문을 닫고 무단으로 산업 폐기물을 쌓아 놓은 폐공장, 음식물 쓰레기가 한가득 쌓여 있는 식당 뒤편, 이도 저도 아님 말 그대로 쓰레기소각장을 정문도 아닌 후문 좁은 틈새로 들어가는 식으로 장고는 부산, 천안, 대구, 광주, 강릉. 전국적으로 악취 가득한 곳만 용케 찾아다녔다.

그래서일까. 사람들 누구도 역한 냄새나는 곳을 골라 찾아다니는 셋을 주의 깊게 보지 않았다. 하지만 장고는 사람들을 잔뜩 경계했다. 명구와 윤호에게도 확실히 새겨 주었다. 장고의 이런 엄격한 경계는 다음과 같은 경고의 말에서 두드러졌다.

- 누군가 우릴 미행할 게 틀림없어. 형이 한 말이야. 방심은 금물.
적들이 순식간에 예상을 깨고 도적같이 들이닥칠지 몰라. 그러
니 항상, 항상 조심해야 돼.

한껏 긴장의 끈을 묶은 장고, 녀석은 쓰레기 더미가 쌓여 있는 냄새나는 곳만 기를 쓰고 찾아내다 기어이 꽁꽁 매듭지어 있는 검은 비닐 봉투를 잡아냈고, 비닐 봉투의 매듭을 조심스럽게 끄른 뒤, 자리에서 일어섰다. 장고의 이런 모습을 잠자코 지켜본 명구가 녀석이 일을 치른 뒤 자리에서 벗어나려 할 때였다. 명구는 장고의 어깨를 붙잡고 허탈한 한숨과 함께 다음과 같이 물었다.

- 뭐야? 이게 끝이야? 폭탄 제거된 거야? 확실해?
돌아오는 장고의 답은 분명했다. 확신과 결의에 찬 말이었다.
- 확실해. 이로써 우리는 인류 구원의 사명을 다하고 있는 거야.

뿌듯하지?

언제나 되풀이되는 장고의 확신에 찬 말에도 명구의 불만은 시간이 갈수록 쌓여만 갔다. 폭탄을 제거하는 것과 검은 비닐 봉투 매듭을 푸는 게 도대체 무슨 상관이 있는지 명구는 알고 싶었다. 하지만 장고는 폭탄을 제거했다는 말만 되풀이했다. 윤호는 장고를 믿어야 한다고 명구에게 말했다. 학교 쓰레기 분리수거장에서 폭탄 터지는 걸 직접 보지 않았냐고 힘주어 말하며. 명구는 그 말을 무슨 위로의 확신처럼 받으며 '그건 그래.'라고 답하며 내내 참아 왔다. 하지만 불만이 쌓이는 걸 막을 순 없었다. 5일이 지나고 6일, 정확히 7일째 되던 날, 명구는 더 이상 참지 못했다. 결정적으로 여행을 끝내고 싶은 이유가 7일째 되던 날 터져 버린 것이다.

명구가 여행을 마무리하고 싶은 이유는 단순했다. 프랜차이즈 체인점 사업을 하는 아빠 지갑에서 훔친 돈, 그 돈이 바닥난 게 결정적인 이유였다. 그래도 명구는 의리를 지킨다는, 거기에 장고가 입버릇처럼 말하는 폭탄 제거 미션을 완수하고 나면 그래도 뭐 하나 대단한 걸 건지지 않을까 하는 기대에 꾹 참고 기다렸다. 하지만 7일째 되던 때, 대전 중구에서 돈이 다 떨어지고 난 뒤 더 이상 잠잘 곳을 찾지 못하고 방황하던 중, 터미널에서 밤을 새기로 한 그날 모든 게 엉망이 되어 버렸다.

윤호는 너무 말랐다. 장고 역시 노안이긴 해도 상대를 제압할 만한 전투능력은 제로였다. 그나마 덩치 크고 싸움 꽤나 할 것 같은 게 명구다. 하지만 녀석 혼자 어느 지역에나 있을 법한 빈둥거리는 불량 형아들을 막아 내기엔 역부족이었다. 무릎 해어진 트레이닝복 차림에 철 지난 인조가죽 재킷을 걸치고 담배 한 개비 입에 문 동네 형들 다섯이 터미널 대기실에서 밤을 보내려는 장고 일행에게 다가와 삥을 뜯으려 한 것이다.

위기에 처한 장고와 윤호는 자연스럽게 명구 뒤로 숨었다. 곰만 한 덩치가 이 위기에서 해결해 줄 거란 기대감 가득이었다. 하지만 정작 곰만 한 덩치의 명구는 둘보다 더 겁이 많았다. 명구는 '돈 없어요.', '잘못했어요.'란 말만 반복하며 불량 형아들의 주먹세례를 홀로 감당했다. 삥을 뜯기는 아이들은 셋인데 불량 형아들의 주먹세례는 한 명, 명구에게만 집중되었다.

이른 새벽에 당한 봉변으로 명구는 신고 있던 브랜드 신발과 청바지까지 탈탈 털리는 수모를 겪었다. 트렁크 팬츠 바람으로 한참을 서럽게 울던 명구를 윤호는 어쩔 줄 몰라 하며 달래 주려 했지만, 장고는 냉정했다. 장고는 정말이지 자기만의 세계에 푹 빠져 있는 오타쿠 같았다. 울부짖는 명구에게 어떤 위로의 말도 없었다. 대신 손때 잔뜩 묻은 수첩만 만지작거리며 앞으로 남은 폭탄이 다섯 개란 말만 반복했다.

한참을 울던 명구, 울다 지쳤는지, 아님 다른 결심이 생겼는지 울기를 그쳤다. 멍한 얼굴로 장고와 윤호를 바라봤다. 그러더니 그렇게 얻어맞고도 끝까지 지켜 낸 비상금 2만 원을 오른 양말 발바닥에서 꺼내고는 서울로 가는 버스표를 한 장 끊었다. 단 한 장뿐이었다.

- 야. 이대로 가면 어떡해? 우리 끝까지 같이하기로 했잖아?

사태의 심각성을 파악한 윤호가 다급하게 말했다. 하지만 멍한 얼굴의 명구, 자신의 결심을 굽힐 뜻이 없다는 듯 윤호의 말에 퉁명스럽게 답했다.

- 끝났어. 다 끝났다고. 폭탄은 무슨 얼어 죽을. 우리가 무슨 대테러진압요원이냐?

7일 만에 폭탄유랑기 1막의 막이 내렸다. 1막이 그런대로 해피할 수 있는 이유는 명구가 아빠 지갑에서 쌔빈 돈이 있었기 때문이다. 물론 장고는 어떤 환경에서도 폭탄유랑기를 중단할 생각이 없어 보였다. 버스터미널 화장실에서 잠을 자든, 아님 24시간 맥도날드에서 시간을 때우든 장고는 어떻게든 이 여행을 밀어붙일 생각이었다.

하지만 윤호는 이제 어떡해야 하는지, 뭐가 옳은지, 이 여행을 왜 시작했는지, 여행을 이렇게 마무리해도 되는지. 아무 답도 떠오르지 않았다. 윤호 역시 명구와 마찬가지로 엄마 걱정, 아빠 걱정이 안 된다면 거짓말이다. 물론 엄마와 아빠가 이혼하고 엄마와 같이 산다고는 하지만 새벽이 되어서야 들어오는 엄마와 같이 살고 있는지도 실감 안 되는 윤호의 집안 사정 때문인지 일주일이 넘도록 보이지 않는 자식, 전화번호 모르는 것도 아닌데도 전화 한 통 하지 않는 무관심이 오히려 윤호를 불안하게 했다.

명구가 떠난 뒤, 장고는 더 분주하고 날렵하게 움직였다. 윤호의 마지막 비상금까지 탈탈 털어 KTX나 우등고속버스가 아니라 완행버스를 타고 지방과 지방을 이동해야 했기에 장고는 그 어느 때보다 속도를 내려고 했다.

돌이켜 보면 장고는 늘 그랬다. 언제나 바쁘고 분주했다. 뭔가 알 수 없는 희망과 흥분, 열정에 사로잡혀 있었다. 그렇게 장고는 물주였던 명구가 홀연히, 심지어 거친 말까지 쏟아붓고 떠난 뒤에도 남은 네 개의 폭탄을 모두 제거하는 쾌거를 이뤘다. 남은 폭탄 제거 장소 역시 더럽고 냄새나고 사람들이 전혀 찾을 만한 이유가 없는 곳이었다. 사람들이 찾지 않는 곳만 애써 찾아다니는 장고의 폭탄 제거 여행에 동참한 윤호는 문득 다음과 같은 생각이 들었다. 마지막 세 개 남은 폭탄 중 두 개째 폭탄을 제거하고 난 뒤 울산 터미널 24시간 맥도날드에서 잔뜩 웅크린 채 잠든 장고를 보며 말이다.

오랜 시간 생각을 거듭하던 윤호가 막 잠에서 깬 장고와 마주했다. 며칠째 씻지 않았는지 가뜩이나 시커먼 얼굴이 더 시커멓게 보였다. 윤호는 비상금이 바닥났음에도 1,500원짜리 콜라 한 잔으로 밤을 새는 게 못내 미안해서 한 잔 더 주문한 콜라, 반쯤 남은 그것을 잠에서 깨어난 장고에게 건네주었다. 눈을 비빈 장고가 뿔테 안경을 고쳐 쓰며 소리 내며 콜라를 마셨다.

- 잠은 좀 잤어?
- 아니. 못 잤어.
- 왜?
- 너 같으면 잠이 오겠냐? 이런 곳에서.

윤호가 매장을 크게 둘러봤다. 새벽 4시 30분의 맥도날드는 인종 집합소 같았다. 새벽일을 준비하는 4~50대 노동자 아저씨들, 이른 나이에 술을 배워 코알라가 된 고딩 형, 누나들, 레포트 작성에 신경 날카로워진 대학생들까지. 그들은 하나같이 시끄러웠다. 모두가 잠든 새벽 4시란 말은 적어도 24시간 맥도날드에서 적용되는 말은 아닌 듯했다.

그때 윤호, 장고에게 자신이 오랫동안 밤을 새며 생각했던 바를 묻기로 했다. 장고는 제법 의젓하게 창밖, 새벽 여명을 바라봤다.

- 하나만 질문해도 돼?
- 마지막 폭탄 어디 있냐고? 신경 쓰지 마. 내가 알아서 할 테니까.
- 아니, 그런 거 말고.
- 그럼 뭐?

- 네가 말한 형 말이야.

- 형이 왜?

- 너, 형… 본 적 있어?

말을 던진 그때였다. 윤호는 듣기에 따라선 장고가 화를 낼 수도 있겠다는 생각이 들었다. 그토록 찬양하고 존경하는 형을 봤냐 안 봤느냐고 묻는 게 꽤 미안했다. 가뜩이나 소심한 성격의 윤호가 서둘러 자신의 질문을 거두려 했다.

- 아니, 아니야. 내가 괜히 질문했어. 취소.

하지만 그때였다. 윤호의 눈에 잔뜩 풀 죽은 표정으로 고개를 가로저은 장고가 목격되었다. 장고의 무언의 답에 용기를 얻은 윤호가 다시 물었다.

- 그럼… 형은 어떻게 알고 있는 거야? 어떻게 만나는 거지?

- 페북에서 만나. 메신저로.

- 형이 천재인 걸 어떻게 알아? 인류 구원 계획을 갖고 있는 건
  또 어떻게 알고?

- 형에 관한 모든 진리는 페북이 알려 줘.

그렇게 말하는 순간 다시 장고의 눈빛이 빛났다. 장고가 윤호에게 되물었다.

- 너 이런 말 알아?
- 무슨 말?
- 보지 못하고 믿는 게 진짜 믿는 거란 말.
- 형을 보지 않은 게 진짜 믿는 거란 말이야?
- 그렇지.
- 어째서?
- 대부분의 진실은 바다 아래 가라앉아 있으니까.
- 잠깐. 잠깐만. 그것도 형이 한 말이야?
- 당근이지. 형의 말은 모두 진리야.
- 하….

윤호가 짧은 한숨을 내쉰 그때였다. 장고가 윤호와 눈을 마주했다. 처음이란 생각이 들었다. 처음으로 장고와 윤호의 눈빛이 진지하게 충돌한 순간이었다. 중학교 3년 내내 서로의 눈을 마주한 순간은 지금이 처음이었다. 눈을 마주한 장고가 입을 열었다. 종말을 예언하는 예언자 같은 비장감으로 가득했다.

- 너는 나를 보고도 못 믿잖아.

비교적 빠른 순간에 윤호가 되물었다. 억울하다는 듯.

- 왜 그렇게 생각해?
- 넌 내 말을 거짓말로 알고 있어. 아니야?
- 내가 이 여행을 거짓말로 생각해야 할 이유가 어디 있어?
- 네가 날 믿었다면, 그리고 형을 믿었다면 처음부터 그런 생각
  은 하지 말았어야 해.
- 그건 억지야.
- 너. 내가 하는 말 정말 믿어?
- ….
- 내가 지금까지 인류를 구원하기 위해 형의 가르침을 받아 폭
  탄을 제거했다는 말 믿어?
- ….
- 너. 나도 보지 못한 형의 말을 믿어?
- ….

장고는 더 묻지 않고 남은 콜라를 더욱 크게 소리 내어 빨아 마
셨다. 윤호는 아무 말도 답하지 않았다. '그냥 믿는다고 하면 되는
데, 그 말 한마디 하면 되는데…', 차마 윤호의 입에서 그 쉬운 말,
가볍게 그냥 던지고 지나갈 수 있는 말이 나오지 않았다.
윤호는 자기 자신에게 물었다. 마지막 폭탄을 제거해야 한다며 결

연히, 언제나처럼 씩씩하게 일어서는 장고를 바라보며 자신에게 묻고 또 물은 것이다.

'내가 여기 왜 있지?'

장고는 섬으로 간다고 했다. 윤호는 장고가 마지막 폭탄을 제거하러 간다는 그 절대사명의 장소에 함께하지 못했다. 둘의 돈은 천안 고속버스 터미널에서 바닥이 나 버렸다. 윤호에게 남은 건 충전이 12%만 남은 휴대폰과 빈 지갑, 속옷 몇 벌과 세면도구가 들어 있는 가방이 전부였다.

장고는 그 뒤, 30분 후 사라졌다. 표를 끊은 모습을 보지 못했는데, 맹렬하게 빠른 속도로 고속버스 승강장 안으로 들어가 버렸다. 잠시 후 손을 씻고 나온 윤호의 시야에 더 이상 장고는 보이지 않았다. 장고 특유의 몸에서 나는 과일 썩는 냄새도 더 이상 맡을 수 없었고, 장고의 덥수룩한 곱슬머리도 볼 수 없었다.

장고가 고속버스를 어떻게 탈 수 있었는지 윤호는 못내 궁금했지만 끝내 묻지 않았다. 대신 짐작할 뿐이었다. 장고는 형을 믿고 있으니까. 확신에 차 말하는 장고 자신조차도 얼굴 한 번 본 적 없는 형이 도와줄 거라고 윤호는 믿었다.

섬으로 가겠다는 장고에게 윤호가 아예 아무것도 묻지 않은 건 아니다. 장고는 섬에 가기만 하면, 마지막으로 악한 세력이 싸질러

놓은 위험천만한 폭탄을 제거할 수 있고, 그렇게 폭탄을 제거하면 대한민국을 구원하고 인류를 구원할 수 있다는 말을 신나 견딜 수 없는 표정과 함께 내뱉었다. 그런 장고에게 윤호가 한마디 물었다. 부러 트집을 잡고 싶은 생각은 아니었다. 그럴 의도는 윤호에게 처음부터 없었다. 만약 그랬다면 처음부터 이 말도 안 되는 여행에 동참하지도 않았을 것이다.

윤호는 그냥 알고 싶었다. 어떻게 하면 장고처럼 한 번도 보지 못한 형을 저토록 강하게 믿을 수 있는지. 어떻게 하면 누가 뭐래도 마음이 흔들리지 않을 수 있는지 알고 싶었다. 활력이 넘치는 얼굴의 장고는 누가 뭐래도, 누가 손가락질을 해도 인류를 해할 폭탄을 제거하는 폭탄 제거반이었다. 적어도 장고 자신에게만큼은 떳떳한 것이다.

- 장고야. 마지막 폭탄을 제거하면 말이야.
- 폭탄을 제거하면?
- 그 다음엔 뭘 할 거야?
- 뭘 하냐고?
- 응. 인류를 구한 다음엔 뭐 할 거냐고?
- 글쎄.

심드렁한 표정이 된 장고가 대수롭지 않다는 듯 한마디 툭 내던졌다. 그게 윤호에게 들려준 장고의 마지막 말이었다.

- 그 다음은 형이 말해 주지 않았는데.

열흘 만에 돌아온 아들을 맞이한 엄마의 한마디는 '밥은?'이었
다. 천안 터미널에서 거의 바닥난 휴대 전화 배터리로 전화를 할 때
에도 엄마는 윤호에게 '밥은?'이라고 물었고, 윤호는 거짓말을 보태
'먹었다.'고 이야기했다.

엄마는 윤호에게 아무것도 묻지 않았다. 더 마른 몸이 되어 돌아
온, 열흘 가까이 어디서 뭘 하고 지냈는지 침묵으로 일관하는 윤호
에게 아무것도 묻지 않았다. 대신 둘은 그날 밤, 약속이라도 한 듯
한 방에서 나란히 잤다. 윤호는 그날 한숨도 자지 못했다. 엄마도
그랬을까.

졸업식 날까지 장고의 모습은 보이지 않았다. 명구는 그 이후로
윤호와 알은체도 하지 않았다. 명구는 더욱 불어만 가는 비만인 자
신의 몸을 부끄러워하며 다른 아이들과 어떻게든 어울리려 애썼다.
왕따를 면하기 위해서라면 빵셔틀도 마다하지 않았다. 그렇게 친목
을 다진 결과라고 해야 할까. 명구는 앞으로 고등학교에 올라가서
도 최소한 왕따를 면할 수 있겠다는 생각에 얼굴이 점점 더 밝아졌
다. 빵셔틀을 하면서까지 무리들 틈에 끼어드는 게 서글프다는 생
각도 잠깐 해 보았지만 명구는 그래도 왕따가 되는 것보다는 낫다

고 믿었다.

윤호는 그대로였다. 곱슬머리 정수리에서 약간 이상한 냄새가 나던, 표현하기 어려운 이목구비를 지닌 친구 장고의 부재를 전혀 이상하게 여기지 않는 반 아이들을 윤호는 애써 외면했다. 명구처럼 그들의 일부가 되어 어울릴 생각을 하지 않았다.

열흘 동안의 폭탄유랑기를 마치고 돌아온 윤호는 간단한 체벌 몇 번으로 면죄부를 받았다. 하지만 그런 건 윤호에게 중요하지 않았다. 윤호에게 중요한 건 장고의 빈자리였다. 그리고 자신이 장고에게 던진 마지막 질문이 불길한 여운을 남기며 윤호에게 되돌아왔다.

'인류를 구원하면… 그 후엔 뭘 하지?'
형은 그것까지는 말해 주지 않았다고 했다.

졸업식 날, 윤호는 텅 빈 교실에 혼자 남아 장고 외에는 아무도 앉지 않던 장고만의 자리인 우측 창가 자리에 대신 앉았다. 조용히 눈을 감고 창 밖 불어오는 바람을 느꼈다.

차갑지만 시원한 늦겨울의 바람이었다. 바람을 맞으며 윤호는 이제는 언제라도 유랑기를 다시 시작할 수 있을 것 같은 자신감이 생겼다. 굳이 형이 말해 주지 않아도, 형을 구세주처럼 믿고 따르던 장고가 보이지 않아도, 심지어 인류를 구원할 만큼 거창하지 않아도 떠날 수 있을 것 같았다.

　우리 10대 친구들에게 폭탄을 돌리는 것 같아 늘 무겁고 아쉬운 마음입니다. 어떤 폭탄일까요. 입시지옥, 무한경쟁, 적자생존, 금수저, 은수저 차별논란 등등. 이렇듯 오늘, 대한민국에서 살아남기란 참 쉽지 않네요. 특별히 우리 10대들에겐 더욱 그런 것 같습니다. 무엇보다 10대에게 폭탄을 안긴 건 아닌지 늘 안타까움 가득합니다. 이처럼 위태롭고 아슬아슬한 폭탄을 친구들에게 넘겨준 건 아닌지 모르겠네요. 여기에 또 한 가지 문제가 있습니다. 대한민국의 10대 사회를 새롭게 구속하는 게 있는데, 그건 바로 계급성입니다. 속되게 말해 꼰대가 되어 버린 기성세대가 만들어 놓은 판이 생겨난 겁니다.

　가진 자와 못 가진 자, 배운 자와 배우지 못한 자, 승리자와 패배자, 집단 속의 나와 집단 밖의 왕따인 나 사이를 갈라놓은 편 가르기를 지속해 온 것입니다. 여기에 좀 더 거창한 말 덧붙여 6.25 전쟁 이후부터 21세기를 맞이한 오늘까지 단 한 번도 쉬지 않고 계급 싸움을 계속해 왔다고 말한다면 지나친 말일까요. 아니라고 생각합니다. 그리고 지금 이러한 악순환이 아예 수습할 길 없는 지경으로까지 비대해진 것입니다. 비대해진 계급이란 이름의 괴물은 오늘날 우리의 10대에게 고스란히 대물림되었습니다. 가진 자의 편에 서고, 집단에 소속되어 어떻게든 살아남기 위해 필사적으로 매달려야만 합니다. 이 과정에서 여기에 붙들리지 못한 소위 왕따로 명명된 아이들은 패배자 취급당하죠. 거기에 물질만능주의까지 덧씌워지니 숨이 막힐 지경입니다. 오늘날 우리가 말하는 폭탄은 바로 이런 것이 아닐까 하네요.

그렇지만 감히 말합니다. 어디에 있든지, 무엇을 하든지 폭탄 생각, 잠시 내려놓고 함께하자고. 한 번 제대로 맘 편하게 즐거워하고 재밌게 놀아 보자고 말입니다. 즐거워하는 마음은 약하거나 무력하지 않습니다. 현실도피도 아닙니다. 한 번 제대로 붙어 보자는 우리 자신의 약속이 아닐까요.

이 약속이 제대로 지켜질 때, 그때 우리가 대물림했던 폭탄이 스스로 불발탄이 되지 않을지 조심스럽지만 아주 강력하게 말해 보려 합니다. 이야기해 보려 합니다.

김유철

2009년 부산일보 신춘문예, 2010년 문학동네작가상을 수상했다. 장편으로 《사라다 햄버튼의 겨울》, 《레드》, 《레드 아일랜드》를 출간했으며 지금도 꾸준히 소설을 쓰고 있다.

김혜정

여수에서 태어나 중앙대학교 예술대학원 졸업. 1996년 문화일보 신춘문예에 〈비디오가게 남자〉 당선으로 작품 활동을 시작했으며 창작집 《복어가 배를 부풀리는 까닭은》, 《바람의 집》, 《수상한 이웃》, 《영혼 박물관》, 장편소설 《달의 문(門)》, 《독립명랑소녀》가 있다. 서라벌문학상신인상, 간행물윤리위원회 우수청소년저작상, 송순문학상을 받았다. 락가수를 꿈꾸었으나 이야기를 지으며 살고 겨우 맞이하는 아침마다 부명고등학교 교문을 들어선다.

박경희

오랫동안 방송 글을 써 왔다. 2006년 한국방송프로듀서연합회의 '한국방송작가상'을 수상했다. 방송작가 생활을 하면서도 창작에 뜻을 두어 2004년 월간문학에 〈사루비아〉라는 소설로 등단했다. 지은 책으로는 청소년 소설 《고래 날다》, 탈북 청소년 소설집 《류명성 통일빵집》, 청소년 장편소설 《분홍 벽돌집》, 탈북청소년을 위한 르포집 《우리의 소원은 통일》, 탈북 동화 《엄마는 감자꽃 향기》, 《감자 오그랑죽》 외 르포, 에세이 등 경계선을 넘나드는 글쓰기를 하고 있다.

윤혜숙

대학에서 신문방송학을 공부했고, 방송국, 영화와 미디어 관련 일을 20년 가까이 했다. 전기수 이야기를 그린 《뽀이들이 온다》와 다문화에 대한 묵은 편견을 꼬집은 장편동화 《나는 인도 김씨 김수로》를 썼다. 2013년 문화콘텐츠진흥원의 '원작 소설 창작 과정'에 선정, 2014년 계회도 살인사건의 진실을 쫓는 《밤의 화사들》로 한우리문학상을 받았다.

장미

서울에서 태어나 서울에서만 죽 살아왔지만 늘 떠날 곳을 알아보고 있다. 요즈음의 후보는 슬로베니아의 작은 도시 '피란'. 2012년에 청소년 소설 〈열다섯, 비밀의 방〉으로 푸른문학상을 받으며 등단했고, 소설집 《맨해튼 바나나걸》을 냈다. 동화와 청소년 소설을 엉금엉금 써 나가고 있다.

주원규

2009년부터 소설을 쓰기 시작했으며, 그와 비슷한 시기에 '학교 밖 아이들'이란 주제로 가출 청소년들과 함께하는 글쓰기, 글 읽기 모임을 시작했다.
지은 책으로 소설 《열외인종 잔혹사》, 《망루》, 《기억의 문》, 청소년 소설로 《아지트》, 《주유천하 탐정기》, 에세이로 《황홀하거나 불량하거나》, 《힘내지 않아도 괜찮아》 들이 있다.